中國語言文字研究輯刊

二 編

許 鋏 輝 主編

第 5 冊

兩周青銅句兵銘文彙考（下）

林 清 源 著

花木蘭文化出版社

國家圖書館出版品預行編目資料

兩周青銅句兵銘文彙考（下）／林清源 著 — 初版 — 新北市：
花木蘭文化出版社，2012〔民101〕
目 2+238 面；21×29.7 公分
（中國語言文字研究輯刊　二編：第 5 冊）
ISBN：978-986-254-861-5（精裝）
1. 古兵器　2. 金文　3. 周代
802.08　　　　　　　　　　　　　　　　101003070

ISBN-978-986-254-861-5

中國語言文字研究輯刊
二　編　　第　五　冊　　　　ISBN：978-986-254-861-5

兩周青銅句兵銘文彙考（下）

作　　者　林清源
主　　編　許錟輝
總 編 輯　杜潔祥
出　　版　花木蘭文化出版社
發 行 所　花木蘭文化出版社
發 行 人　高小娟
聯絡地址　新北市永和區中正路五九五號七樓之三
　　　　　電話：02-2923-1455／傳眞：02-2923-1452
網　　址　http://www.huamulan.tw 信箱 sut81518@gmil.com
印　　刷　普羅文化出版廣告事業
初　　版　2012 年 3 月
定　　價　二編 18 冊（精裝）新台幣 40,000 元

兩周青銅句兵銘文彙考（下）

林清源　著

目

次

108　郾侯〓戈（《邱集》8433、《嚴集》7552）

本戈內末兩面均有刻銘，面各三行，羅福頤（《代釋》4638）釋為：

郾侯□〓戎〓〓生不（陽面）

〓洹來□□□〓□□（陰面）

依燕戈行款慣例，銘文皆自左行起讀，如例138「左軍戈」，銘文亦分見內末兩面，而兩面銘文皆自左行起讀，故羅釋陰面銘文順序有誤。茲改釋如下：

郾侯〓乍戎〓〓生不

祇□無□□□自洹來

第三字作「〓」，為燕侯私名。燕侯〓亦見於「郾侯〓矛」（《邱集》8533），郭沫若謂「〓」字从車、才聲，與「載」字从車、𢦏聲同，而《史記．燕世家》索隱云：「《紀年》成侯名載」，故郾侯〓即燕成侯。〔註152〕「〓」字不識，「戎〓」蓋燕國特有之軍職，如例124銘云：「郾王職乍御司馬」，例113銘云：「郾王職乍王萃」是也。第七字作「〓」，不識，姑隸定為「〓」。背銘第一字作「〓」，當釋為「祇」，此字亦見於郾侯〓簋（《攈古》二之三，66），簋銘：「〓（祇）敬禴祀」，郭沫若謂字象兩缶相抵，當即「抵」或「底」之本字，郾侯〓簋銘則假為「祇」字。〔註153〕背銘第三字作「亾」，當釋為「亡（無）」。「洹」當係地名。戈銘之斷讀，殆為「郾侯〓乍戎〓、〓生不祇、□無□□、□自洹來」，「〓生不祇」疑乃當時成語。本戈係由「郾侯〓」署名督造，故器名宜為「郾侯〓戈」，舊名「〓生戈」，實未允當。

〔註152〕郭沫若：《金文叢考》，〈釋〓〉，頁223-224。

〔註153〕郭沫若：〈由壽縣蔡器論到蔡墓的年代〉，《考古學報》1956年第2期，頁2。

6909　　　　　　　8433
麻生戈　　　　　18字
　夢郭　中13
　三代　19.54, 1-2

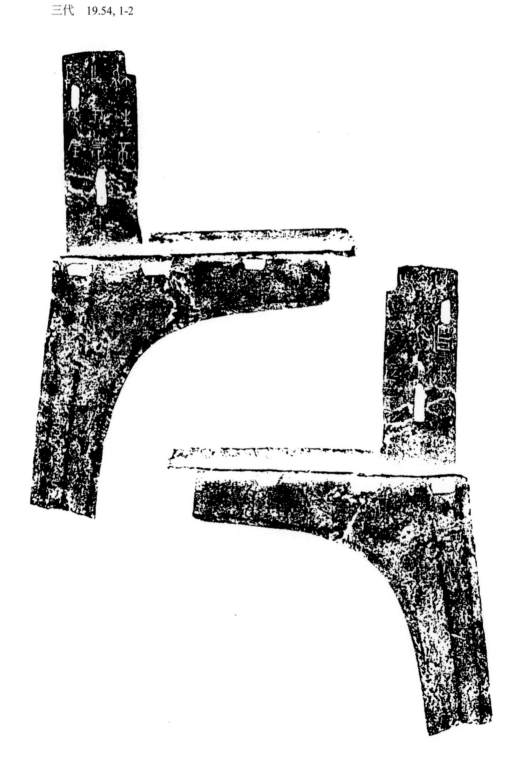

109　郾侯脮戈（《邱集》8367、《嚴集》7497）
110　郾侯脮戈（《邱集》8333、《嚴集》7466）

　　例 109 銘在內末，分列二行，自左行起讀，云：「郾侯脮乍（作）🔣萃鎙鉘」。例 110 僅存殘內，銘六字，左行云：「侯脮乍（作）」，右行云：「萃鎙鉘」，參照例 109，知全銘原作「郾侯脮乍（作）□萃鎙鉘」，「萃」上一字未可定，因燕銘所見「🔣萃」外，猶有「王萃」、「🔣萃」等。《史記・燕召公世家》所載燕國世系，多失王、侯之名。兵器銘文所見燕王（侯）名，計有：燕侯軍、燕侯脮、燕王職、燕王戎人、燕王喾、燕王喜。燕侯軍即燕成侯，詳例 108「郾侯軍戈」。除燕侯軍外，餘均見於河北易縣燕下都所出諸器。燕王職即燕昭王（詳例 111-124），燕王喜即史籍所載燕國最後一王。其餘三王與史籍所述燕王之關係，李學勤云：

> 喾的兵器和昭王的極似，他最可能是惠王。戎人沒有戈，近於燕王
> 喜，他可能是孝王，而脮可能是武成王。[註154]

然 1973 年燕下都第 23 號遺址出土大批銅戈，其中燕王喜之器亦有自名爲「鎙」者（編號 58）。第 23 號遺址原報告執筆人分析器形、銘文，結論云：

> 我們認爲，郾王職，即「燕昭王」。戎人可能是燕國的惠王，郾王喜
> 即王喜。郾王喾可能是武成王。……郾侯脮可能是燕易王的名
> 字。……燕王喜二十九年，秦攻下燕國的國都—薊。因此，這批銅
> 戈埋藏的年代，應在前 226 年以前。[註155]

姑從其說，以郾侯脮爲燕易王（公元前 332-321 年）。「🔣」字，不識，舊或釋「七」（《小校》10.46.1），或釋「力」，[註156] 或釋「巾」。[註157] 金文「七」字爲橫、豎二直畫交錯而成，「力」字作「🔣」（圅羌鐘），「巾」作「🔣」（舀壺），皆與此銘中畫上下兩端皆曲之形有別，舊釋皆未允。「🔣萃」爲燕國特有

〔註154〕李學勤：〈戰國題銘概述（上）〉，《文物》1959 年第 7 期，頁 54。

〔註155〕河北省文物管理處：〈燕下都第 23 號遺址出土一批銅戈〉，《文物》1982 年第 8 期，頁 49。

〔註156〕林巳奈夫：《中國殷周時代の武器》，頁 84。

〔註157〕李學勤、鄭紹宗：〈論河北近年出土的戰國有銘青銅器〉，《古文字研究》第七輯，頁 125。

之軍職名，詳例 111「郾王職戈」。「鍨鈇」爲燕國句兵特有之器類名，迄今僅此二見。燕國句兵有自名爲「鍨」者（例 126「郾王詈戈」），亦有自名爲「鈇」者，﹝註158﹞而其形制皆與此二戈相近，疑上述三名皆爲同一類兵器，原名「鍨鈇」，故可單稱爲「鍨」，亦可單稱爲「鈇」。

6850	8367
郾侯脮乍𠂤萃鍨鈇	8 字

郾侯脮乍𠂤萃鍨鈇

貞松	11.33
韡華	癸 3
小校	10.46.1
三代	19.50.1
京拓	（1966）k.12636
彙編	6.537.（580）

6816	8333
郾侯脮殘戈	存 6 字

貞松	11.33
小校	10.46
三代	19.46.3

﹝註158﹞同註155，河北省文物管理處文，頁 44，圖一八、二○。

111　郾侯職戈（《邱集》8327）

112　郾侯職戈（《邱集》8354、《嚴集》7484）

113　郾王職戈（《邱集》8298、《嚴集》7440）

114　郾王職戈（《邱集》8299、《嚴集》7441）

115　郾王職戈（《邱集》8349、《嚴集》7479）

116　郾王職戈（《邱集》8356、《嚴集》7486）

117　郾王職戈（《邱集》8357、《嚴集》7487）

118　郾王職戈（《邱集》8358、《嚴集》7488）

119　郾王職戈（《邱集》8351、《嚴集》7481）

120　郾王職戈（《邱集》8326）

121　郾王職戈（《邱集》8350、《嚴集》7480）

122　郾王職戈（《邱集》8353、《嚴集》7483）

123　郾王職戈（《邱集》8352、《嚴集》7482）

124　郾王職戈（《邱集》8346、《嚴集》7478）

上列十四器，皆由燕王職署名督造，其銘文分列如次：

（1）郾侯職乍（作）〔符號〕萃鋸：例111、112。

（2）郾王職乍（作）王萃：例113、114。

（3）郾王職乍（作）〔符號〕萃鋸：例115。

（4）郾王職乍（作）〔符號〕牧鋸：例116、117、118。

（5）郾王職乍（作）牧鋸：例119。

（6）郾王職乍（作）□萃鋸：例120、121。

（7）□王職乍（作）□萃鋸：例122。

（8）郾王職□〔符號〕牧鋸：例123。

（9）郾王職乍（作）御司馬：例124。

其中例116-118三器，亦燕王職所督造，《孫目》誤題爲「郾王詈乍〔符號〕牧鋸」，《邱集》、《嚴集》皆沿誤未改，今正。

一、

陳夢家歸納兩周金文「郾」字構形演變歷程云：

> 西周金文燕國之燕，早期作匽，晚期作匽（源案：上三句爲筆者簡
> 述陳文上段文字之大意），春秋金文燕作匽，戰國金文增邑作郾。凡
> 此匽字，潘祖蔭説：「當爲燕之假借字」（《攀古》1.5），是正確的。
> 秦漢之際，不知何故，凡燕國一律改爲燕。朱駿聲《説文通訓定聲》
> 「嬴」下云：「《鄭語》嬴，伯翳之後也。伯翳子皋陶，偃姓，蓋以
> 偃爲之，偃嬴一聲之轉。」如其說成立，則匽之改燕當在秦滅燕以
> 後，以匽爲秦姓，所以改去之。〔註159〕

陳文所言，可爲新出燕國器物斷代之憑依。

二、

戰國時代，法治觀念盛行，「物勒工名，以考其誠」之制，即此一觀念之體
現。據黃盛璋所考，三晉與秦兵器之監造制度可分三級，即省者（監造者），主
者（主辨者）、造者三級，監造者或爲相邦、或爲郡令、或爲司寇、或爲大攻尹。
〔註160〕燕國位居邊壤，其兵器多由燕王署名監造，且多略去主者、造者之名，
與三晉、秦國大異其趣，亦與並時諸國不同。

三、

《史記・燕召公世家》記燕之世系，未載燕王職一代，今據兵器題銘，乃
得予以補正。燕王職在位年代有二說，張震澤疑公子職在位時期，當在昭王前
二年，即公元前 313 至 312 年。〔註161〕楊寬謂燕王職當即燕昭王，其在位年代
爲公元前 312 年至 279 年，〔註162〕李學勤、鄭紹宗、王翰章、宮本一夫從之。
〔註163〕筆者以爲後說較長，蓋迄今著錄所載燕王監造之兵器，以署名燕王職者

〔註159〕陳夢家：〈西周銅器斷代（二）〉，《考古學報》第十冊。此文收錄於王夢旦：《金文
　　　　論文選》，頁 86-87。

〔註160〕黃盛璋：〈三晉兵器〉，頁 37-39。

〔註161〕張震澤：〈燕王職戈考釋〉，《考古》1973 年第 4 期，頁 245。

〔註162〕楊寬：《戰國史》（舊版），頁 103，註 9。李學勤：〈戰國題銘概述（上）〉，《文物》
　　　　1959 年第 7 期，頁 54。

〔註163〕李學勤、鄭紹宗：〈論河北近年出土的戰國有銘青銅器〉，《古文字研究》第七輯，
　　　　頁 125。王翰章：〈燕王職劍考釋〉，《考古與文物》1983 年第 2 期，頁 20。宮本

最多，其在位當不致於僅有兩年。〔註 164〕燕昭王曾伐齊國，今山東益都、臨朐等地均有燕王職兵器出土，李學勤謂此或即燕昭王伐齊所遺。〔註 165〕

四、

例 124「御司馬」一詞，張震澤謂乃燕國軍職名。〔註 166〕由是以推，「[illegible]萃」、「[illegible]萃」、「王萃」、「[illegible]䧹」（參例 125「郾王詈戈」）等，辭例相同，當亦爲軍職名。《周禮・春官・車僕》：「車僕掌戎路之萃、廣車之萃、闕車之萃，苹車之萃」，孫詒讓《正義》：「萃即謂諸車之部隊」。《周禮》所載，適可與戈銘互證。此意李學勤於 1959 年亦曾述及：

> 「行議」是使用該兵器的人員職名，此外還有王萃、力萃、黄萃、冘萃、巨[illegible]、巨旂、百執御、親者等，即燕王的侍衛徒御。〔註 167〕

惟李學勤於 1982 年與鄭紹宗合撰一文，見解似有更易，該文云：

> 燕國兵器銘文中除𡚱萃外，還有王萃、巾（？）萃、黄萃等，都是燕王戎車部隊使用的武器。〔註 168〕

燕戈多已自名其類屬，若以「王萃」等亦爲器類名，似嫌複沓。況「御司馬」一詞必係軍職名，不得爲器類名，而「王萃」等銘文辭例與之相同，其性質當亦無別，故筆者以爲解作軍職名之說較長。

五、

「乍」字作「[illegible]」形，「戈」字作「[illegible]」形，皆爲燕國文字特徵。燕國「乍」字之特徵有二：其一，所有筆畫皆直而不曲，且垂直相交；其二，中直畫下貫至底畫。燕國「戈」字之特徵，爲象戈柲之中畫末端上折，而與象戈頭之上横畫平行，此體亦見於齊銘，如「陳金戈」（例 092）即如是作。〔註 169〕

一夫：〈七國武器考〉，《古文春秋》第 2 號，頁 84。

〔註 164〕同註 163，王翰章文，頁 20。

〔註 165〕同註 162，李學勤，文頁 54。

〔註 166〕同註 161，張震澤文，頁 245-246。

〔註 167〕同註 162，李學勤文，頁 54。

〔註 168〕同註 163，李學勤、鄭紹宗文，頁 125。

〔註 169〕「戈」字字形解析，參研究篇第二章第一節。

6812／b　　　　　8327

郾侯職戈　　　　6字

　河北　139

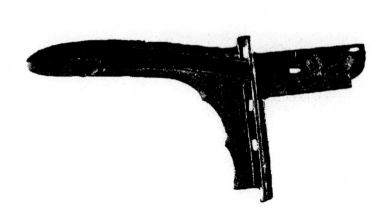

6837　　　　　　8354

郾侯職乍萃鋸　　7字

　貞松　12.4

　貞圖　中67

　三代　20.17.6

6787　　　　　　　　8298
郾王職乍王萃戈一　　內上 6 字
　　貞松　11.32
　　三代　19.42.2
　　巴納　（1961）拓本
　　京拓　（1966）k.12635

6788　　　　　　　　8299
又二　　　　　　　　內上 6 字
　　綴遺　30.28
　　奇觚　10.22
　　周金　6.21 前
　　簠齋　四古兵器
　　小校　10.44
　　三代　19.43.1

6832　　　　　　　8349
郾王職乍𠦪萃鋸一　　7字
劍吉　下 33
三代　20.15.2

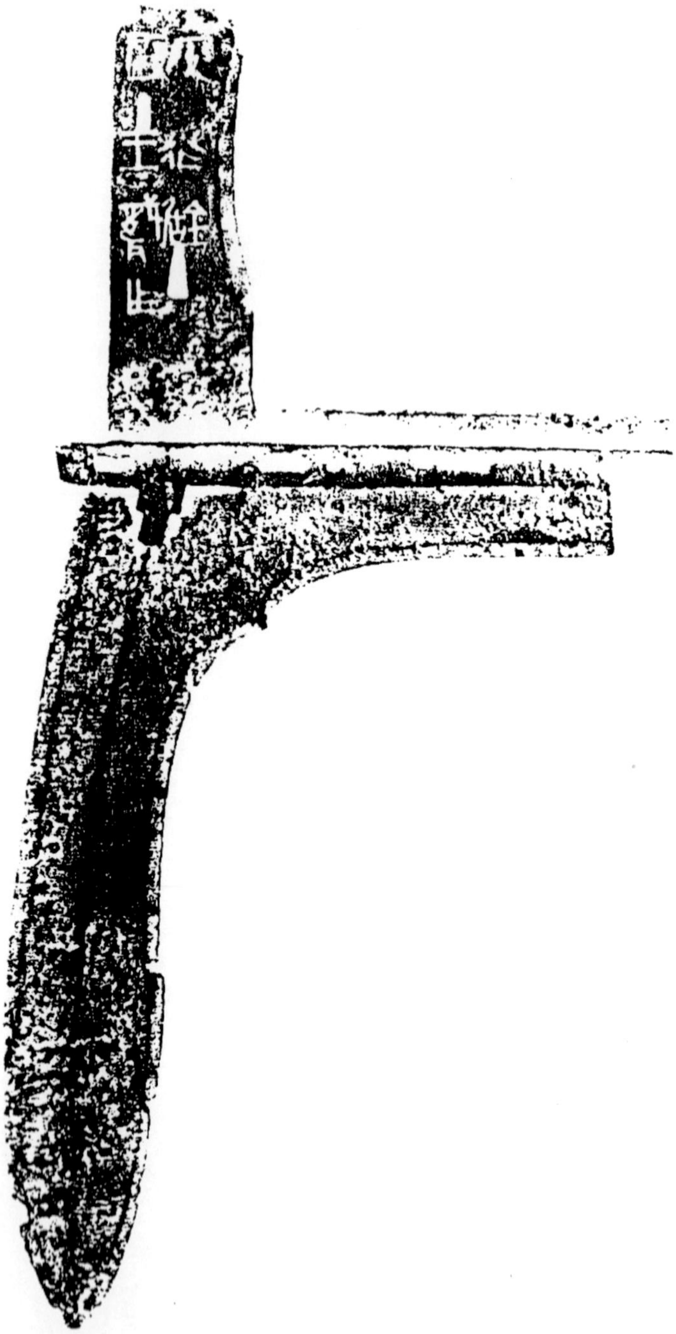

6839
又二
  綴遺　30.28
  奇觚　10.21
  周金　6.20 後
  三代　20.17.2

8356
7 字

6840
又三
  小校　10.44.1
  三代　20.17.3

8357
7 字

6841
又四
  小校　10.44.2
  三代　20.17.5

8358
7 字

6834　　　　　　　8351

郾王職乍𢦏鋸　　　6字

三代　20.16.1

6812   8326
郾王職戈   6字
  考古 1962.1.19 圖一三：1
  河北   137

6833   8350
又二   7字
  貞松   12.4
  貞圖 中 68
  小校   10.44.4
  三代   20.17.7

6836   8353
王職乍萃鋸   存5字
  貞松   12.5
  三代   20.17.4

6835　　　　　　　　8352

郾王職乍□鈌鋸　　　7字

綴遺　30.29

6829　　　　　　　　8346

郾王職乍□司馬戈　　7字

考古 1973.4.244 頁圖 1-2

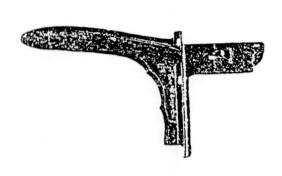

125　郾王詈戈（《邱集》8355、《嚴集》7485）

126　郾王詈戈（《邱集》8368、《嚴集》7498）

127　郾王詈戈（《邱集》8410、《嚴集》7536）

128　郾王詈戈（《邱集》8411）

　　例 125 銘云：「郾王詈乍⬚牧鋸」；例 126 銘分兩面，正面云：「郾王詈怎（作）行議鋻」，背面云：「右攻君（尹）□□攻（工）君（尹）⬚」；例 127 僅存內末，正面銘文同例 126，背面云：「右攻（工）君（尹）青丌（其）攻（工）豎」；例 128 與例 126 為同一器，《孫目》偶重，《邱集》因之，《嚴集》刪之是也。

　　「郾王詈」疑乃燕武成王（公元前 271－258 年），詳例 109「郾侯脮戈」。「怎」即「乍」，假為製作之「作」，此體僅見於燕銘。春秋戰國時期「乍」之異體尚多，如量侯簋「⬚」，郗王劍「⬚」、繛書缶「⬚」、中山王豐壺「⬚」、中山王豐鼎「⬚」、蔡侯盤「⬚」是也。「行議」即行儀，殆為侍衛儀隊之稱，詳例 134「左行議戈」。「大攻君」即大工尹，趙國兵器銘文習見，為工官名，地位在「工」之上，為中央政府指派之督造官，〔註170〕亦見於鄂君啓節、王孫誥鐘。「尹」字甲骨文作「⬚」（《甲》2868），從又持｜，蓋執器治事之意。金文作「⬚」（休盤）或「⬚」（作冊大鼎），初意猶存，左側豎筆漸變為曲筆，與右側手形相應，作「⬚」（耆旨瞽盤）、或「⬚」（鄂君啓節），再變，作「⬚」（右昷君壺）、或「⬚」（大攻君劍），從月，未審何義？《說文》古文作「⬚」，林素清疑此即由「⬚」形訛而成。〔註171〕「⬚」字或釋為「五」（《綴遺》30.28），或釋為「巨」（《貞松》12.4）。案：金文「五」字作「⬚」（舀鼎）、「⬚」（鄜侯簋），「巨」字作「⬚」（鄜侯簋），皆與戈銘不類。「牧」字或釋為「牧」（《奇觚》10.21.1），或釋為「攻」（《小校》10.43.4），然戈銘左旁實非從「牛」或「工」。「⬚牧」殆為燕國特有之軍職名，「鋻」為燕戈特有之器類名。

〔註170〕黃盛璋：〈三晉兵器〉，頁 37-38。

〔註171〕林素清：《先秦古璽文字研究》，頁 87-90。

6838　　　　　8355

鄴王詈乍牧鋸　7字

貞松　12.4

貞圖　中69

三代　20.17.1

6851　　　　　8368

鄴王詈戈　8字

攗古　二之一，86

小校　10.53.2-54.1

三代　19.50.2

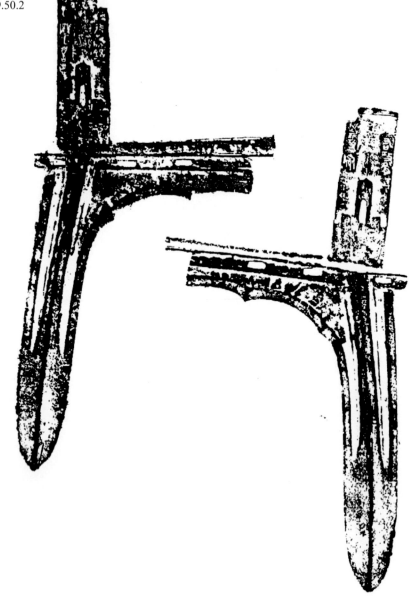

6889 8410
鄲王罟戈一 14 字
陶續 2.21
周金 6.8 後
韡華 癸三
小校 10.53-54
三代 19.52.3

129　鄾王喜戈（《邱集》8359、《嚴集》7489）

130　鄾王喜戈（《邱集》8360、《嚴集》7490）

131　鄾王喜戈（《邱集》8342）

例 129 銘云：「鄾王喜□**五**牧□」；例 130 銘云：「鄾王喜□□牧□」；例 131 實與例 130 爲同一器，《孫目》偶重，《邱集》沿誤未改，《嚴集》刪去是也。秦始皇二十五年（公元前 222 年），秦將王賁攻取燕之遼東，虜燕王喜，燕亡。「**五**牧」爲燕國特有之軍職名。

```
6842                  8359
鄾王喜乍五五牧鋸一     7字
夢鄣　中12
三代　20.18.1
```

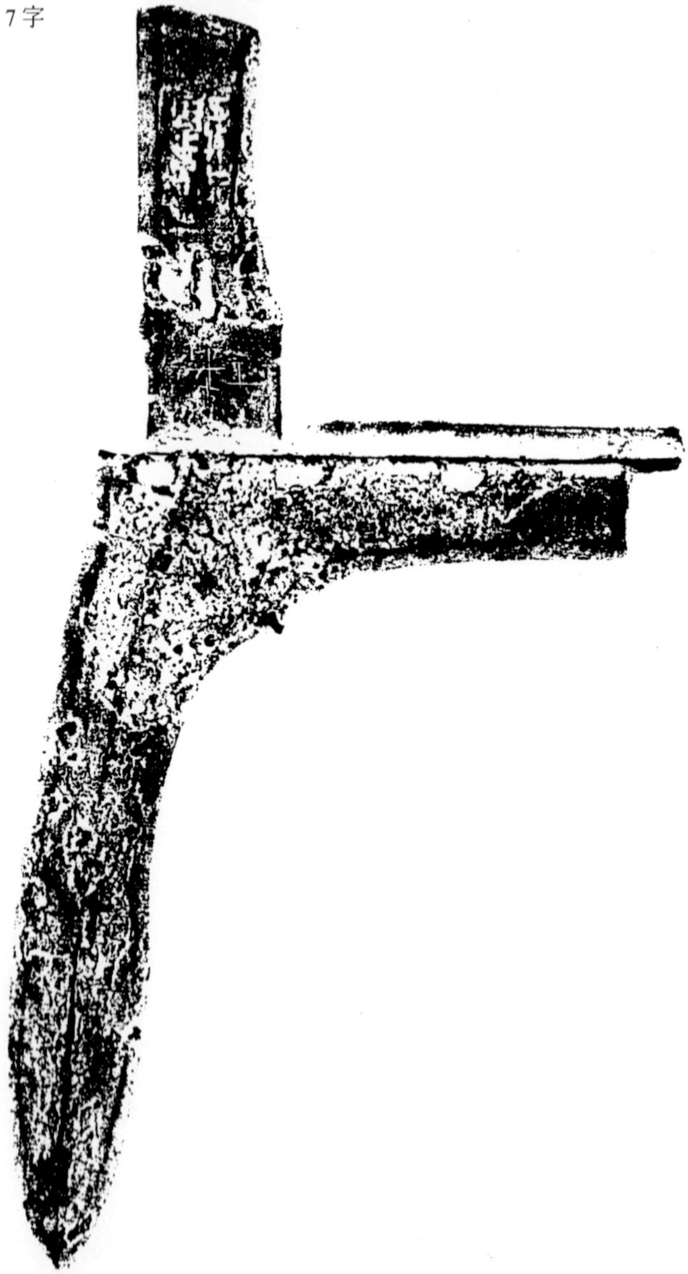

6825 8342
鄙王喜戈 7字
夢郭 中 10
小校 10.43

132 郾王戈（《邱集》8300、《嚴集》7442）

本戈援之前段已殘斷，銘文泐損頗劇，僅「郾王」二字可辨，「郾」字在左，「王」字在右，與燕戈銘文自左行起讀之慣例合。類似形制及銘文行款，考古所見尚有二例，其一、銘云：「郾王職乍（作）御司馬」（例124），另一銘云：「郾王喜怎（作）御司馬鏃」。〔註172〕據上舉二例以推，本戈銘文原貌，或為「郾王□乍（作）御司馬（□）」。

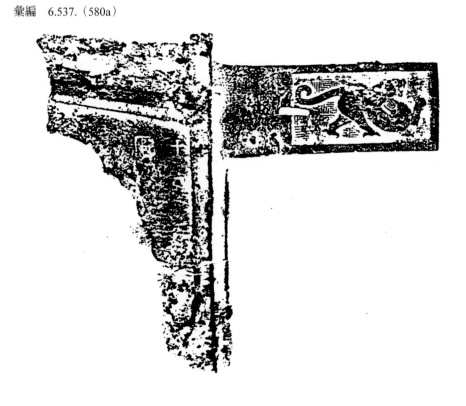

6789　　　　　　　8300
又三　　　　　　　胡上 6 字
　綴遺　30.28
　三代　19.43.2
　彙編　6.537.（580a）

133 乍御司馬戈（《邱集》8235、《嚴集》7388）

戈胡銘文四字，云：「乍（作）御司馬」。第二字作「　」形，燕戈銘文曾三見此字：其一、1965年燕下都所出「二年右貫府戈」（例135），其二、1967年遼寧北票縣發現，銘云：「郾王喜乍御司馬」（例124），其三、1973年燕下都第

〔註172〕河北省文物管理處：〈燕下都第23號遺址出土一批銅戈〉，《文物》1982年第8期，頁43，圖一〇。

23 號遺址出土，銘云：「郾王職乍御司馬鍨」，原報告皆釋爲「御」。「御」字甲骨文作「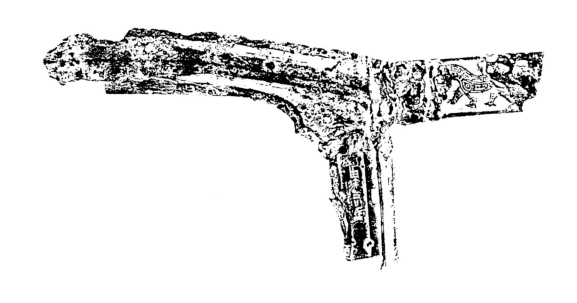」（《前》7.31.3）、「」（《前》2.18.6），金文作「」（盂鼎）、「」（申鼎），左旁多从卩，惟亦見未从卩，作「」（《前》6.22.6）、「」（齊侯壺）。戈銘此字未从卩，但从辵、午聲，姑從舊說，釋爲「御」。司馬乃古代主兵之官，《周禮‧夏官》所載有大司馬、小司馬、軍司馬、輿司馬、行司馬。張震澤謂戈銘「御司馬」，蓋即《史記‧高祖功臣侯表》所載騎司馬、車司馬之類。〔註 173〕孫稚雛云：「乍上泐『燕王職』三字」之例（《孫目》6735），惟影本所見此銘上下文不完整似有闕文，參照上舉「郾王喜乍（作）御司馬鍨」之例，此或其省文。

6735
乍　　司馬戈
夢郘　中7
三代　19.34.3

8235
存 4 字

〔註 173〕張震澤：〈燕王職戈考釋〉，《考古》1973 年第 4 期，頁 245-246。

134　左行議戈（《邱集》8296）

本戈1970年河北易縣燕下都遺址出土，初載於《河北選集》143。銘在胡，云：「左行議衙（率）戈」。第三字作「[illegible]」，右旁上从羊、下从我，二者部分筆畫重疊，應是「義」旁。古印「義」字作「[illegible]」（《古璽彙編》2838），與戈銘所从形近，可爲互證。李學勤、鄭紹宗釋云：

> 「行議」一辭曾見於兩件燕王詈戈（《三代》19.5.2，《小校》10.53.2）。那兩件戈銘均云「燕王詈作行議鍨」，足見行議也是燕王的侍衛之類。「義」可讀爲「儀」，「行儀」大概是一種儀仗隊伍的名稱。「衙」即《説文》「衛」字，通作「率」，《荀子・富國》注：「率，與帥同。」長沙子彈庫帛書「乍（作）□北征，衙又（有）咎」，即「帥有咎」，字的寫法亦與此戈相同。由此可知，此戈是燕王儀仗隊伍的首領使用的。〔註174〕

此說可從。

6785／b　　8296
左行議衙戈　　4字
河北　143

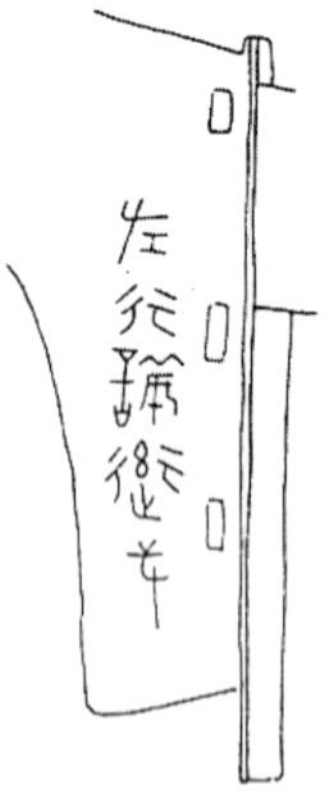
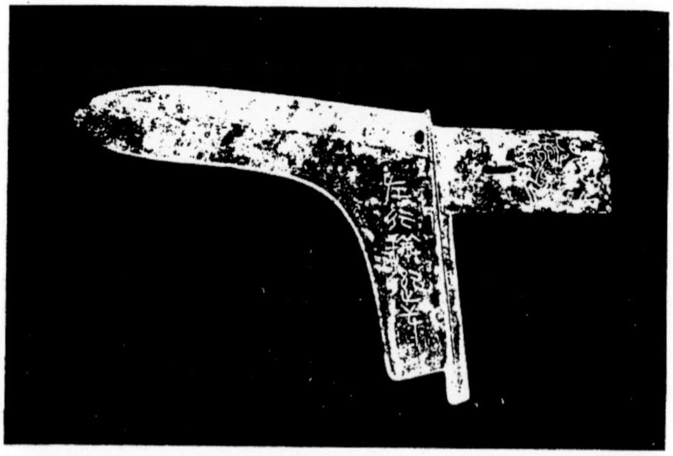

〔註174〕李學勤、鄭紹宗：〈論河北近年出土的戰國有銘青銅器〉，《古文字研究》第七輯，頁127。

135　二年右貫府戈（《邱集》8269）
136　二年右貫府戈（《邱集》8389、《嚴集》7515）

上列二戈，實爲同一器，乃 1965 年河北易縣燕下都第 44 號墓所出，初載於《考古》1975 年第 4 期，復收錄於《河北選集》142，《邱集》誤重。

戈胡淺刻銘文十字，原報告隸定爲：「二年，右臮（貫）廥（府）殿，迊（御）戴，宿（宥）台」，考釋云：

> 「二年」，第二字「年」的下半爲銹蝕所掩。「右」，左上角因銹蝕缺
> 去，但筆勢與最下面一個字不同，推斷爲「右」字。「貫」字從「貝」
> 從「卝」，「卝」與戰國古文常見的「闗（關）」字所從「丰丰」相同，
> 只是改實筆爲虛筆。……「右貫府」當爲燕國的機構之一。「殿」爲
> 人名，「右貫府」官長。……「戴」的下部爲「買」，古璽印「䣙陰
> 都可徒」第一字作𡒌，《說文古籀補補》古璽「蜀」字及「㓟」字
> 的网均作父，說明戰國古文「网」可寫作父。此字應爲任「御」的
> 人名。「宿」，當爲「宥」字，通「右」，《荀子・宥坐》注：「宥」與
> 右同。「台」，人名，是御戴的助手。……綜上對銘文的初步認識，
> 此戈有紀年，在燕器中是罕見的。屬於「御」、「右」執有，故不是
> 一般武士的用器。〔註175〕

李學勤、鄭紹宗從之，惟將「殿」字改釋爲「受」，云：

> 右貫府爲燕王室所設機構，督造此戈，授與御戴、右台二人，作爲
> 戎車所用武器。按《韓非子・外儲說左上》載燕有「右御冶工」，在
> 右御之下有鑄造器物的冶人，與此銘右貫府造器事例相似。〔註176〕

「廥」下一字，《河北選集》142 闕而未釋，茲以照片不精，原報告與李、鄭摹文復有別異，無由案斷。

〔註175〕 河北省文物管理處：〈河北易縣燕下都 44 號墓發掘報告〉，《考古》1975 年第 4 期，頁 234-235。

〔註176〕 李學勤、鄭紹宗：〈論河北近年出土的戰國有銘青銅器〉，《古文字研究》第七輯，頁 127-128。

6763／c　　　　　8269
銅戈　　　　　　　4字
　河北　142

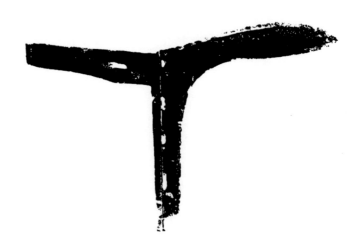

6868　　　　　　　8389
二年右貫府戈　　　10字
考古　1975.4.圖版肆：1，
　234頁圖一○：1，圖一一

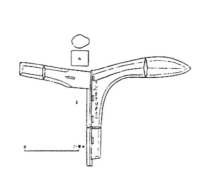

137 十三年正月戈（《邱集》8420）

本戈胡上刻銘，李學勤、鄭紹宗釋云：「十三秊（年）正月，公辰乘馬大＝（大夫）子駿，賀。」〔註177〕黃盛璋釋云：「十二年正月𤳊（宮）左乘馬大夫＝子□戠（造）」。〔註178〕「十」字虛中，作「０」形，亦見於「十六年喜令韓銅戈」（例270）。戰國銘刻多僅紀年，本戈則紀年亦紀月，類似之例，亦見於燕下都所出「九年將軍戈」，戈銘：「九年將軍張二月戠宮戈六𩁂」。〔註179〕另據黃盛璋所考，尚有二件燕器亦並紀年月，一爲「王后右西方壺」（《西清古鑑》19.3），另一爲「武平鐘」（《攗古》金文二之二，12）。〔註180〕第六字左從公，右旁不識。第七字下從工，上所從不識。第八字作「𤳊」，與鄂君啓車節「乘」字作「𤳊」相近，殆即「乘」之異文。「乘」字，匽公匜作「𤳊」，虢季子白盤作「𤳊」，從大在木上，特著其兩足，以顯登高之義。戈銘此字下半累增之兩足，訛之益甚，已與足形不類。「大夫」二字合文，金文習見，如蔡侯𩁂鐘作「夫＝」，中山王𗅁壺作「夫」。「子」下一字，不識。「乘馬大夫」爲官名，「子□」則大夫之私名。銘文末一字從貝、從戈，左上所從不識。此銘與上文之間距特寬，李學勤、鄭紹宗謂乃鑄器工匠之名。〔註181〕本戈1970年河北易縣燕下都出土、辭例與1973年燕下都所出「九年將軍戈」相近，而與三晉、齊、魯諸國有別，當可定爲燕器。

〔註177〕李學勤、鄭紹宗：〈論河北近年出土的戰國有銘青銅器〉，《古文字研究》第七輯，頁127-128。

〔註178〕黃盛璋：〈盱眙新出銅器、金器及相關問題考辨〉，《文物》1984年第10期，頁62。

〔註179〕河北省文物管理處：〈燕下都第23號遺址出土一批銅戈〉，《文物》1982年第8期，頁44。

〔註180〕同註178。

〔註181〕同註177。

6897／c　　　　　8420
三年正月戈　　　約 15 字
河北　144

138　左軍戈（《邱集》8456、《嚴集》7574）

本戈初載於《劍吉》下 20，編者于省吾云：「出於河北眞定」。內末兩面均有刻銘，釋讀順序可由背銘行款推知。背銘左行五字，中行三字，右行無字，用知銘文係自左行起讀。銘文自左行起讀，乃燕戈特有行款，由是以推，知本戈正銘亦自左行起讀，而全文則先正銘後背銘。

本戈銘云：「左軍之𢧜僕，大夫敔之卒，公孫𣬅雁之□，卫梌𣬅瘟之𢧜戈」。「軍」字中山王𦈕鼎作「𨊧」，从車、勻聲。本銘作「𨊦」，从勻省聲。庚壺作

「⬚」，勻聲已不可識，此蓋《說文》：「從包省、從車」所自昉。《周禮・地官・小司徒》：「五旅爲師，五師爲軍。」《注》：「軍，萬二千五百人。」「左軍」、「右軍」爲燕國軍制單位，亦見於郾侯奪矛（《邱集》8533），銘云：「郾侯奪乍左軍」，及郾右軍矛（《邱集》8520），銘云：「郾右軍」。此二矛「軍」字與本銘形體全同，蓋燕銘之特徵如是。「牥」字，郾兵銘文習見，且多與「五」字連用，爲燕國特有之軍職名，參例 125「郾王詈戈」。「僕」字，幾父壺作「⬚」，召伯簋作「⬚」，三體石經作「⬚」。本銘第五字作「⬚」，右旁與「僕」字所從相同，左半疑爲「仁」旁。中山王譽鼎「仁」字作「⬚」，用爲偏旁或可與「人」旁相通，故此銘姑釋爲「僕」。「牥僕」殆與「五牥」性質相近，乃燕國特有之軍職名。第二行首銘略有殘泐，似作「⬚」形，于省吾謂即「大夫」合文，可從。「大夫」下一字，右從攴，左似從戈。燕銘「戈」字，象柲柄之直畫，多上折而與象戈援之橫畫平行，如本銘最末「戈」字即作此體。「攺」字，於此蓋爲大夫之名。「孫」字，克鼎作「⬚」，盄壺作「⬚」，從糸、從絲事類相近可通，如「彝」字姬鼎作「⬚」，曾姬無卹壺作「⬚」，故本銘「⬚」當釋爲「孫」，于省吾釋「孼」，未允。正銘第三行「⬚」字，與背銘第一行「⬚」字同，從田、從上，姑隸定爲「毗」，于省吾釋「里」，似有未安。「⬚」字從隹、從月，當隸定爲「脽」。鄂君啓舟節「脽」字作「⬚」，與本銘偏旁相同，惟結構略異。戈銘「公孫毗脽」，當係人名。背銘第一字，蝕泐難辨，據辭例推之，殆與前銘「牥僕」、「卒」相近，皆表某一特殊身份，「⬚」字燕戈銘文習見，且多與「牥」字連用，爲燕國特有之軍職名；本戈背銘第二字，于省吾謂即「亞」字，可從。「⬚」字，從木，從弟，可隸定爲「梯」。「亞梯」殆爲某一類職稱，「毗瘂」爲其名，疑乃「公孫毗脽」之後人。「牥戈」爲本器之自名，惟「牥」未審當於後世何字。戈銘前半段皆用以表明「毗瘂」之身份，與例 054 曾大工尹季怠戈相似。例 054 云：「穆侯之子、西宮之孫、曾大攻尹季怠之用」，器主季怠乃曾國大工尹，穆侯、西宮之後人。以此例之，本戈器主爲「毗瘂」，而其頭銜有「左軍之牥僕」、「大夫攺之卒」、「公孫毗脽之□」，「亞梯」則其本職或現職。

6932   8456

左軍戈   23字

劍吉 下20

文物 1959.7.50頁圖一

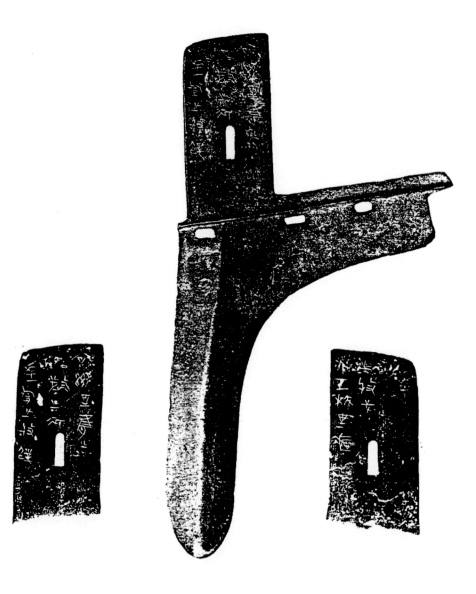

139　牲共敗戟（《邱集》8481、《嚴集》7590）

　　本戟初載於《錄遺》574，戈、矛合鑄，而以矛爲主體，戈援與矛垂直相交，無內。此類形制考古工作者謂之「卜字形戟」，1958 年燕下都遺址亦曾出土一柄（即《邱集》8483），援脊上有銘文五字，發掘報告釋爲「犢共敗之戈」，惜拓本迄今未刊，無由覆案。〔註182〕本戟銘文亦在援脊上，作「牲共敗之戈」形，與上舉燕下都所出卜字形戟銘文相近，甚或同銘。「牲」字从牛、从省，省、生音同，此殆即「牲」字。「共」即「共」字。「敗」从又从田，从又、从攴得通，此殆即「敗」字。末二銘殘泐不清，疑爲「之戈」或「之用」。戟銘「牲共（供？）敗之戈」，辭意難解，筆者所釋未審當否？

6955　　　　　　　　8481
牲共敗戟（卜字形）　5 字
　錄遺　374

〔註182〕中國歷史博物館考古組：〈燕下都城址調查報告〉，《考古》1962 年第 1 期，頁 19。

140　□戈（《邱集》8271）

本戈1970年易縣燕下都出土，銘在內末，惟筆畫過細，難以考辨，姑從闕。

6763／e　　8271
□戈　　4字
河北　146

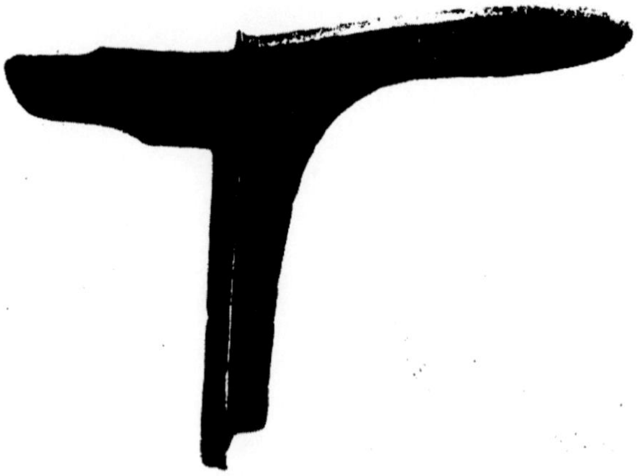

141　𡎺戈（《邱集》8124、《嚴集》7301）

銘在內末，作「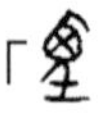」形，當釋爲「𡎺」。「𡎺」字小篆作「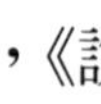」，《說文》古文作「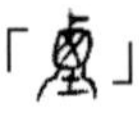」，下皆从土，惟古文字从土、从壬，習見互作之例，如「毀」字小篆作「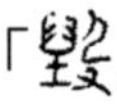」，下从土，而《說文》古文作「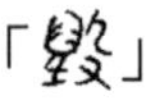」、鄂君啓車節作「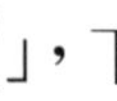」，下皆从壬。中山王嚳壺「禋」字作「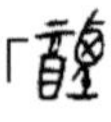」，古璽「鄄」字作「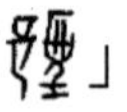」（《漢語古文字字形表》頁252），下俱从壬，可爲戈銘釋「𡎺」之證。「𡎺」即「鄄」，累增邑旁而爲地名專字，乃春秋戰國文字演變習見現象。《說文》：「鄄，衛地，今濟陰鄄城。」《春秋・莊公十四年》：「冬，單伯會齊侯、宋公、衛侯、鄭伯于鄄。」杜《注》：「鄄，衛地，今東郡鄄城也。」鄄故城在今山東濮縣東二十里。〔註183〕《陸庵孴古錄》載「鄄城」印一方，「鄄」字作「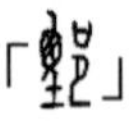」，左旁與本銘同，右旁係地名專字後加之偏旁。〔註184〕江村治樹定本戈之時代於春秋晚期，〔註185〕而此時鄄地已入於衛，亦可爲衛國所造器之證。

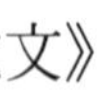

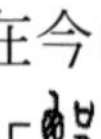

〔註183〕錢穆：《史記地名考》，頁256。

〔註184〕于豪亮：〈古璽考釋〉，《古文字研究》第五輯，頁260。

〔註185〕江村治樹：〈春秋戰國時代の銅戈・戟の編年と銘文〉，《東方學報》第52冊，頁96。

6649 8124
亞戈 內上 1 字

綴遺 30.20
奇觚 10.6
周金 6.56 前
攈華 癸二
簠齋 四古兵器
善齋 10.10
小校 10.10.1
三代 19.27.1

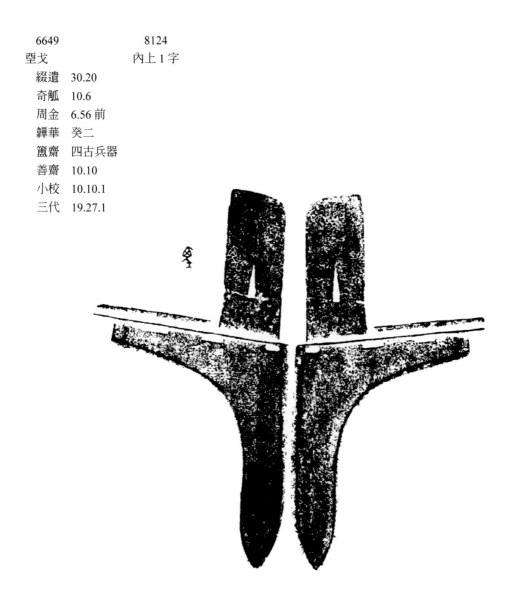

142　石買戈（《邱集》8289、《嚴集》7431）

本戈胡銘文五字，云：「石買之用戈」。第一字作「辰」，丁麟年（《桴林》28）、柯昌濟（《金文分域編》10.11）隸定爲「石」，羅振玉隸定爲「左」（《貞松》12.2.3），羅福頤（《代釋》4663）、邱德修（《邱釋》8289）則隸定爲「右」。然「左」、「右」字俱象指爪與手掌相連之形，未見作「辰」者。案：此銘當釋爲「石」，《說文》古文「磬」字作「硜」，左半所從「石」旁與戈銘相同可證。《左傳・襄公十八年》：「夏，晉人執衛行人石買于長子。」丁麟年謂此即戈銘之「石買」。

6780　　　　　　　8289
右買之用戈　　　　5字
   杺林　28
   貞松　12.2
   三代　20.12.1

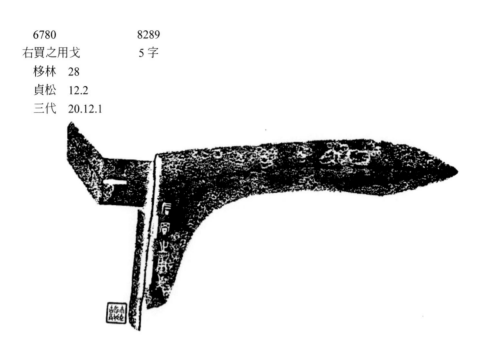

143　衛公孫呂戈（《邱集》8343、《嚴集》7475）

本戈銘文七字，在援、胡間，云：「衛公孫之告（造）戈」。方濬益謂戈銘「衛公孫呂」，即《荀子・非相篇》所載衛靈公之臣公孫呂（《綴遺》30.17）。阮元謂戈銘「告」乃「造」之省（《積古》8.13），此體亦見於例306「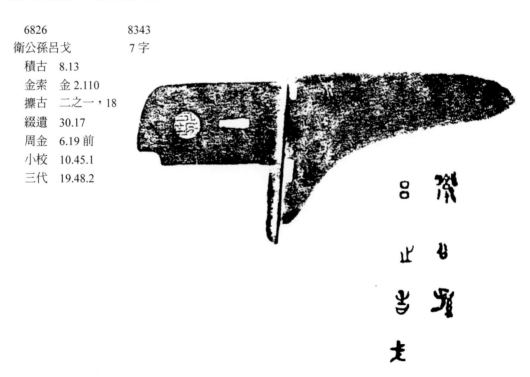子戈」及「衛司馬劍」（《邱集》8603）。

6826　　　　　　　8343
衛公孫呂戈　　　　7字
   積古　8.13
   金索　金2.110
   攗古　二之一，18
   綴遺　30.17
   周金　6.19 前
   小校　10.45.1
   三代　19.48.2

144　梁伯戈（《邱集》8412、《嚴集》7537）

戈胡兩面皆有銘文，正面云：「汈（梁）白乍（作）宮行元用」，背面云：「印（抑）魃（鬼）方䜌□攻（？）旁」。《左傳・桓公九年》：「秋，虢仲、芮伯、梁伯、荀侯、賈伯伐曲沃。」杜《注》：「梁國在馮翊夏陽縣」故城位今陝西韓城縣南。秦穆公十九年（公元前 641 年）滅梁，以其地為少梁邑。劉心源謂「宮行」即公行（《奇觚》10.25.2）。《左傳・宣公二年》：「其庶子爲公行」，杜《注》：「掌率公戎行」。「梁伯乍宮行元用」之辭例，與「郾王詈乍行議鍨」（例 126）相當，意謂梁伯命造此戈交予侍衛部隊使用。「印」、「抑」古一字，象以手抑人使跽之形。「鬼」字小盂鼎从戈作「」，本銘从攴作「」，从戈、从攴習見互作之例，如「啓」字召卣从攴作「」，虢弔鐘从戈作「」。戈銘「抑鬼方」，與小盂鼎「伐鬼方」同意。銘文末二字，據《綴遺》30.13 之摹文，當隸定為「攻旁」，惟以上文蝕泐難辨，文意未詳。

6891　　8412
汈白戈　　14 字

攈古	二之二，12
綴遺	30.13
奇觚	10.25
周金	6.7-8
簠齋	四古兵器
貞圖	中 63
小校	10.55.1
三代	19.53.1-2

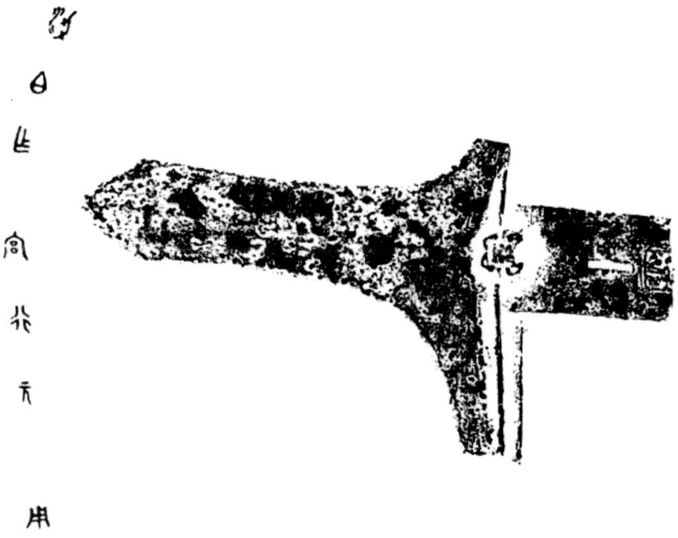

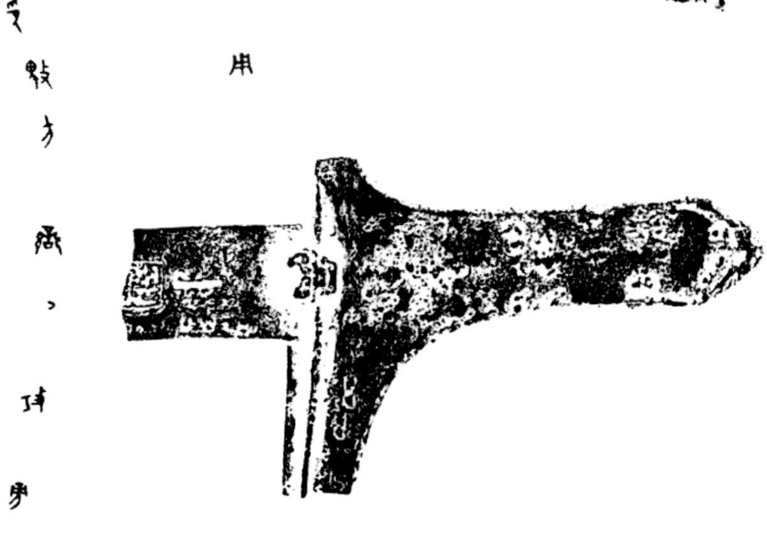

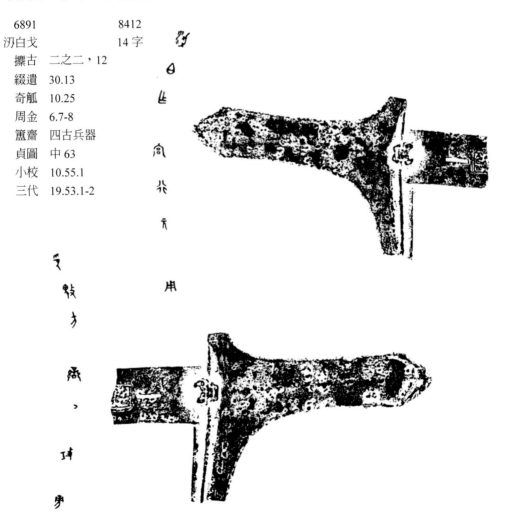

145　元戈（《邱集》8115、《嚴集》7291）

　　例 145－150 皆河南陝縣上村嶺虢國墓地出土，虢國於周惠王 22 年（公元前 655 年）爲晉所滅，年代下限明確，此六戈之時代，林已奈夫、江村治樹皆定於春秋前期。〔註186〕本戈出於第 1721 號墓，胡上鑄一「元」字，郭沫若云：

> 　　另有「元戈」，胡上僅一元字，我以爲當亦虢大子元之戈。戈上有一
> 凸出的人頭形，蓋即元字的形象化，元是人頭的意思，所謂「勇士
> 不忘喪其元」。〔註187〕

然虢大子元戈（例 147－148）出於第 1052 號墓，非與本戈同一墓穴，且其援穿及內之形制略異，則本戈未必即虢大子元之器。若夫援本處之人首形，殆爲單純之裝飾，未必即「元」字之形象化，如例 144「汋伯戈」援本亦有一獸首，而其銘多達十餘字，豈可謂乃該銘之形象化歟？

```
66401              8115
元戈               胡上 1 字
    文物 1959.1.14.15 頁
    上村圖版伍肆：6，35 頁　圖三一
```

〔註186〕林已奈夫：《中國殷周時代の武器》，頁 49-50。江村治樹：〈春秋戰國時代の銅戈・戟の編年と銘文〉，《東方學報》第 52 冊，頁 74-75。

〔註187〕郭沫若：〈三門峽出土銅器二、三事〉，《文物》1959 年第 1 期，頁 13-15。

146 戈戈（《邱集》8116、《嚴集》7292）

本戈上村嶺虢國第 1747 號墓出土，時代約當春秋前期，胡上鑄一「戈」字，未審是否為人名。

6641　　　　　　　　8116
戈戈　　　　　　　　胡上 1 字
　上村　圖版貳拾：2，41 頁圖三八

147 虢大子元戈（《邱集》8317、《嚴集》7457）
148 虢大子元戈（《邱集》8318、《嚴集》7458）

二戈形制、銘文全同，內末皆銘「虢大子元徒戈」，係虢大子元監造授予侍衛徒卒所用之戈（參例 085）。二戈同出於上村嶺第 1052 號墓，安志敏云：

> 在兩件戈的內部鑄有「虢大子元徒戈」的銘文，這是非常重要的發現，因為不僅說明了墓主人的姓名與身份，同時也解決了絕對年代和虢國的地望問題。證實虢國的地望是極為重要的。按《漢書·地理志》說：「陝故虢國，……北虢在上陽，東虢在滎陽，西虢在雍州。」又據《水經注》的記載：「河南即陝城也。昔周、召分伯以此城為東西之別，東城即虢邑之上陽也。虢仲之所都，為南虢，三虢此其一焉。」兩書的記載微有矛盾……我們認為《水經注》的記載可能是比較接近於事實的，以上兩處東周遺址及墓葬皆在黃河南岸，在今

陝縣（即漢唐陝縣城的舊址）的東面，則李家窰的東周遺址可能是
虢國上陽的故址。〔註188〕

公元前 655 年虢爲晉所滅，故該墓之年代下限極爲明確，足爲考古工作者斷定
年代之標尺。

6804　　　　　　　　8317
虢大子元徒戈一　　　6 字
　上村圖版參伍：2，28 頁
　圖二三：1
　文物　1959.1.15

6805　　　　　　　　8318
又二　　　　　　　　6 字
　考古通訊 1957.4.6 頁圖二
　上村　圖版參伍：3，28 頁
　圖二三：2

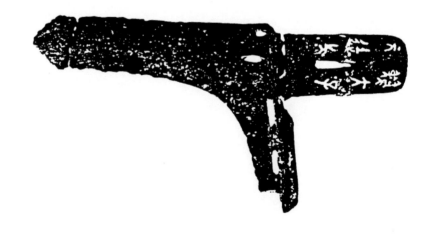

〔註188〕安志敏：〈1956 年秋河南陝縣發掘簡報〉，《考古學報》1957 年第 4 期，頁 1-9。

149 宮氏白子戈（《邱集》8319、《嚴集》7459）

150 宮氏白子戈（《邱集》8320、《嚴集》7460）

　　上列二戈上村嶺第 1705 號墓出土，銘文內容及所在部位悉同，原報告隸定爲「宮氏白子元相」，郭沫若云：

　　　　1705 號墓中又有「宮氏白（伯）子元相戈」，則「宮氏伯子元」殆即「虢大子元」。史籍所載，虞有宮之奇，當晉文公時。可證古有宮氏，所謂「宮氏伯子」或即虢大子元標示其母氏所自出。〔註189〕

案：「虢大子元戈」（例 147－148）出自第 1052 號墓，非同墓所出，故此二戈銘文「元」字，未必即爲虢大子元。

6806　　　　　8319
宮氏白子戈一　　6字
　　上村　圖版肆陸：1，
　　33 頁圖二八：1

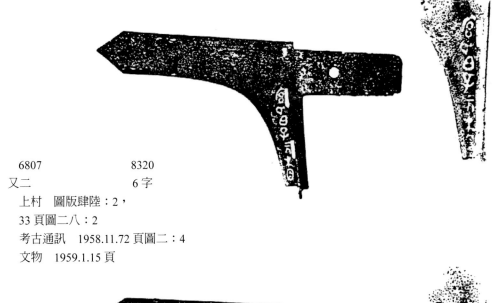

6807　　　　　8320
又二　　　　　6字
　　上村　圖版肆陸：2，
　　33 頁圖二八：2
　　考古通訊　1958.11.72 頁圖二：4
　　文物　1959.1.15 頁

〔註189〕郭沫若：〈三門峽出土銅器二、三事〉，《文物》1959 年第 1 期，頁 15。

151 戈（《邱集》8166、《嚴集》7334）

例 151 至 153 三器，皆 1954 年山西長治分水嶺 14 號墓出土，原報告謂此為韓國早期墓。〔註190〕

本戈內銘二字，作「」形，黃盛璋隸定為「吳它」，並謂斯乃「物勒主名」之例。〔註191〕徐中舒上字亦隸定為「吳」，下字闕釋，復名此曰「虞戈」，蓋謂假「吳」為「虞」。〔註192〕

吳越之「吳」，金文習見，或从矢、从口作「𠯑」（吳王姬鼎），或从大、从口作「夨」（吳王光鑑），上悉从口，與《說文》：「大言也。从矢口」相合。戈銘「夨」字，上不从口，疑非「吳」字。戈銘「宀」字，上从宀，與它字作「它」（伯吉父匜）迥殊，斷非一字。

6678   8166

戈   2 字

考古學報 1957.1.114 頁

圖十下，圖九左

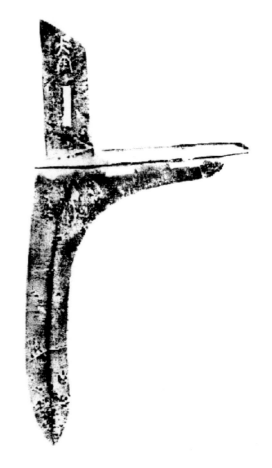

〔註190〕山西省文物管理委員會：〈山西長治市分水嶺古墓的清理〉，《考古學報》1957 年第 1 期），頁 113-114。

〔註191〕黃盛璋：〈三晉兵器〉，頁 42。

〔註192〕徐中舒：《殷周金文集錄》，頁 351，第 609 器。

152 寅戈（《邱集》8478）

　　本戈 1954 年分水嶺第 14 號韓國早期墓出土，原報告謂之爲銅戈。[註193] 其後之學者多謂此爲戟，[註194] 殆據銘文末字作「㦸」而言。茲以原器秘端未見戟刺（矛），「㦸」字左旁所从復未詳何字，故本文暫從原報告以此爲「戈」。戈銘第一字，殷滌非釋爲「周」，謂此乃晉悼公之名，故第 14 號墓年代當在晉悼公和戎狄之際，即公元前 569－559 年之間。[註195] 然此銘斷非「周」字，當從黃盛璋釋爲「寅」。[註196] 克鐘「寅」字作「寅」，與戈銘形近可證。黃氏復謂「寅」乃器主之名，其說可從。

6952　　　　　　8478
虞之戟　　　　　　3字
考古學報　1957.1.114 頁
圖十（中）、圖九（中）

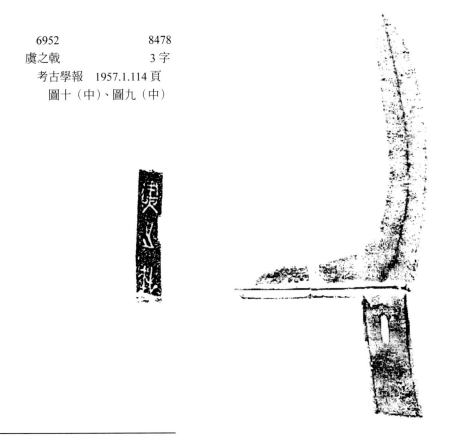

〔註193〕山西省文物管理委員會：〈山西長治市分水嶺古墓的清理〉，《考古學報》1957 年第 1 期，頁 113-114。執筆人爲暢文齋。

〔註194〕黃盛璋：〈三晉兵器〉，頁 42。黃展岳：〈關於中國開始冶鐵和使用鐵器的問題〉，《文物》1976 年第 8 期，頁 65-66。江村治樹：〈春秋戰國時代の銅戈・戟の編年と銘文〉，《東方學報》第 52 冊，頁 83。

〔註195〕殷滌非：〈試論東周時期的鐵農具〉，《安徽史學通訊》1959 年第 4、5 期合刊，頁 103-118。

〔註196〕同註 194，黃盛璋文。

153　宜□戟（《邱集》8482、《嚴集》7591）

　　本戟 1954 年長治分水嶺第 14 號韓國早期墓出土，銘在胡，云：「宜□之棗（造）戟」。第二字殘泐不清，黃盛璋釋爲「無」，謂「宜無」爲器主之名。〔註197〕第四字作「棗」，史樹青隸定爲「戟（賚）」，〔註198〕唐蘭隸定爲「棗」，〔註199〕黃盛璋隸定爲「乘」，徐中舒釋爲「刺」。〔註200〕案：此銘從二朿，當隸定爲「棗」，讀若「造」。「棗」、「造」古韻同屬幽部，聲母發音部位亦同，自可通轉。中山王𧜜鼎銘云：「棗棄羣臣」，張政烺謂「棗」當讀爲「早」。〔註201〕韓鐘劍銘云：「韓鐘之鏎鐱」，張頷釋云：

> 「韓鐘之鏎鐱」之「鏎」讀「棗」之音斷無疑碍。但絕非「早」字的音假，正如前面所說「棗」有「刺」之義。「刺」之於兵器，含有殺傷和銳利兩個方面的意思。……綜上所述「韓鐘劍」銘之以「棗」當非音假「早」（或「造」）之義，實乃鋒刃銳利和壯於殺傷的意思。〔註202〕

案：「某某人之造某器」爲兵器銘文習見辭例，劍銘「鏎」字從金、棗聲，「棗」、「造」音近，此當讀爲「造」。「造」字從金，以表其質材，此體金文習見，詳研究篇第四章「釋造」。第五字，與例 192「大良造鞅戟」之「戟」字作「戟」相近，而此戟出土時柲端確有戟刺，足爲此字釋「戟」之鐵證。

〔註197〕黃盛璋：〈三晉兵器〉，頁 42。

〔註198〕史樹青：〈對「五省出土文物展覽」中幾件銅器的看法〉，《文物參考資料》1956年第 8 期，頁 50。

〔註199〕唐蘭：《五省出土重要文物展覽圖錄・序言》，頁 7。

〔註200〕徐中舒主編：《殷周金文集錄》，第 671 條，頁 352。

〔註201〕張政烺：〈中山王𧜜壺及鼎銘考釋〉，《古文字研究》第一輯，頁 224。

〔註202〕張頷：〈韓鐘鏎鐱考釋〉，《古文字研究》第五輯，頁 90。

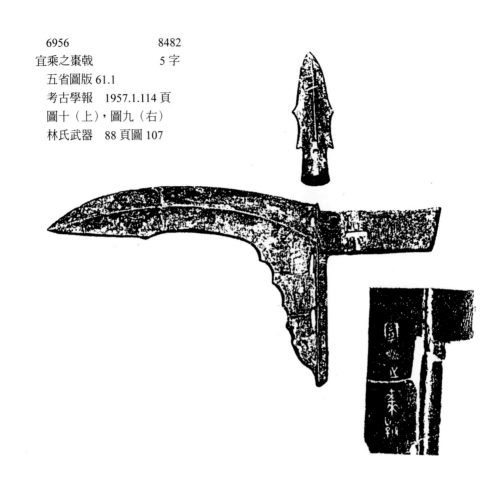

6956 　　　　　 8482
宜乘之稟戟 　　　　 5字
五省圖版 61.1
考古學報　1957.1.114 頁
圖十（上），圖九（右）
林氏武器　88 頁圖 107

154　鄭右庫戈（《邱集》8222、《嚴集》7376）

155　鄭武庫戈（《邱集》8223、《嚴集》7377）

156　鄭坓庫戈（《邱集》8224、《嚴集》7378）

157　鄭武庫戈（《邱集》8204、《嚴集》7366）

158　鄭左庫戈（《邱集》8221、《嚴集》7375）

　　例 154－156，係 1971 年河南新鄭鄭韓故城出土，同坑所出之銅戈、銅劍、銅矛，計一百八十餘件，有銘文者達一百七十餘件，惟已發表者僅二十七件，原報告謂其時代約當戰國晚期，乃韓國徙都新鄭後所造。〔註 203〕例 154－157

─────────────

〔註 203〕郝本性：〈新鄭「新韓故城」發現一批戰國銅兵器〉，《文物》1972 年第 10 期，頁 32。

銘文第一字作「奠」，例 158 加注邑旁作「鄭」，即韓都新鄭之「鄭」。

戈銘第三字，例 154 作「庫」，餘作「庫」，此字舊多誤釋爲「軍」，黃盛璋云：

> 《説文》説：「軍」是「从車、从包省」，可是據周代銘刻所見，軍
> 是从「匀」聲，或从「匀」省聲。不管怎樣説，第（三）種的「庫」
> 字（源案：指新鄭所出兵器銘文），既不是从包，更非从「匀」或「匀」
> 省聲，而所从之∩、∩、∧等與从厂、⌐、⌐等同意，皆表房
> 屋頂部及建築外形，這就決定它是「庫」不是「軍」。〔註204〕

黃說舉證詳贍，堪稱定論。茲復贅二證：中山王豐鼎銘云：「靳（親）達（率）
参（參）軍之眾」，「軍」字正从匀聲作「軍」形；又如庚壺銘云：「齊三軍圍
口」（《大系》錄 250），「軍」字即从匀省聲作「軍」形。戈銘从厂、从車，當
隸定爲「庫」。黃氏復云：

> 庫不僅是藏器之處，更主要的是製器之處，所以有時只簡單記爲某
> 庫，主要即表明作坊。

新鄭所出兵器銘文「庫」字下，屢見工師、冶尹，冶勒名其上，足證「庫」確
爲製器之處。左庫、右庫、武庫、生庫四名，據此可知韓都新鄭至少有四處冶
鑄作坊。

例 156 銘文第二字，照片模糊不清，徐中舒隸定爲「生」，謂讀若「皇」。
〔註205〕裘錫圭以爲此字作「屮」形，而釋爲「市」字，詳其所撰〈戰國文字
中的「市」〉一文。〔註206〕裘氏此文，據兮甲盤市字作「屮」，從而辨識列國
文字中之「市」字，其論證結構以遞移律爲主，由甲國字體證乙國字體，復
取乙國字體證丙國字體，再以丙國字體證丁國字體，而謂甲、乙、丙、丁各
體爲一字之異文。茲以該文冗長，難以具引，姑列一簡表以見其說之梗概：

〔註204〕黃茂琳（即黃盛璋）：〈新鄭出土戰國兵器中的一些問題〉，《考古》1973 年第 6 期，
　　　　頁 374。

〔註205〕徐中舒主編：《殷周金文集錄》，頁 40。

〔註206〕裘錫圭：〈戰國文字中「市」〉，《考古學報》1980 年第 3 期，頁 294。

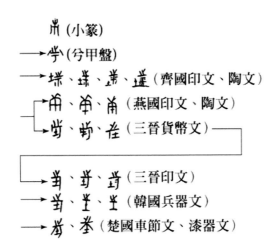

表中箭頭所向，係指裘文推論程序，非謂文字遞變過程如此。韓國兵器文字作「⿰」形者，裘氏謂與三晉貨幣文、印文爲一字之異體。

此數體裘氏所以釋爲「市」，關鍵在於兮甲盤銘。然裘氏於盤銘「⿰」之釋爲「市」，但沿用成說，而未予確切證明。盤銘云：

> 其進人，其賣，母（毋）敢不即師（次）即「⿰」（市），敢不用令（命）
>
> 𠟭即井（荆）屢（撲）伐。〔註207〕

盤銘「⿰」釋爲「市」，固可通讀，然無由斷其必爲「市」字。《說文》小篆「市」字作「⿰」，《漢印文字徵》15.4 作「⿰、⿰」，而盤銘中間部分顯爲上下兩截，與篆文連貫一體者殊異。盤銘兩側短畫與中間部分未連屬，而篆文兩側豎畫則悉與中橫畫緊密結合。鄙意以爲此差異現象不容忽視，而歷來將盤銘此字釋爲「市」者，咸未及此。〔註208〕此現象若無合理解釋，則言之雖辨，未足以服人，蓋由分離之橫直三畫，變而爲相連筆畫，文字演變現象中似乏相同例證。故盤銘究係何字，猶待學者深入研究。

韓國兵器銘文「⿰」字，裘文所以謂之與三晉印文、貨幣文爲一字者，端在例 156 作「⿰」形。然該銘照片模糊不清，此字右下是否有一曲筆，實無絕對把握，如徐中舒《殷周金文集錄》頁 40 之摹文，即無此一曲筆。設使果如徐書所摹，則此銘與小篆「⿰」字全同，而與裘文所列三晉其它字體未必即是一

〔註207〕兮甲盤的隸定，據郭沫若：《兩周金文辭大系圖錄考釋》，頁 143。

〔註208〕周師法高主編：《金文詁林》，頁 3490-3491；《金文詁林補》，頁 1475-1476。

字。況新鄭兵器銘文中，「生」字凡九見，[註209] 而字之下側疑有一曲筆者，唯例 156 具此可能，其他八文則與小篆「生」同，而與三晉印文、陶文相遠。戈銘「生」字，亦見於「陳逆簠」銘云：「乍爲生（皇）褆（祖）大宗餕」，又如「闚卣」銘云：「生（皇）号（考）」，再如「齍壺」銘云：「悳（德）行盛生（旺）」，俱可與《說文》「生，讀若皇」互證。故新鄭兵器銘文「生」字，徐中舒隸定爲「生」，讀爲「皇」，是也。

上文筆者所以表列裘文之論證結構，初意固不限於韓國兵器銘文「生」字之考辨而已。裘文論證戰國文字之方法，尤爲筆者所關切。蓋戰國文字訛變，視他時期爲甚，而印文、貨幣文、陶文訛變尤劇，常至莫可究詰。苟據此類訛變已甚之體，輾轉互證，反復推衍，以「訛」證「訛」，難免愈推愈遠。古音學中有「通轉」之說，然其運作自有嚴格限制，否則，一轉再轉，將無不可通之音。由是反思古文字學論證字形演變之方法，亦當有嚴格限制，字形演變過程相同之平行例證，須達一定數量，而後可作推論，否則，以孤證推論，實潛藏一定危險。

裘文謂燕銘「𩫖、𩫖、𩫖」亦當釋爲「市」字，其論證方式即有此疑慮。裘氏云：

> 這個字（源案：指上列燕銘）的上部是「之」字，古印「齒」字或作 (《古徵》2.5 上），可證。把兮甲盤「市」字所從的「丂」的彎筆拉直，並把「丂」旁的兩點也改成豎筆，讓它們都跟「之」的橫畫相接，就變成燕國的「市」字了。秦漢篆文「市」字多作𩰌，下部的演變情況與燕國「市」字極爲相似，所不同的僅是篆文把「之」字下部和「丂」字上部的橫畫併成了一道。[註210]

上段引文，係裘錫圭證明燕銘「𩫖」當釋爲「市」之全部內容。審其論據，實僅有古印「齒」字或作「」一證而已。茲檢《古璽文編》「齒」字條，凡錄

〔註209〕新鄭所出兵器銘文中，有「生」字者，見於下列九器：奠生庫戈（《邱集》8224、《嚴集》7378）、十六年奠令戈（《邱集》8641、《嚴集》7560）、卅一年奠令戈（《邱集》8644、《嚴集》7563）、奠生庫矛（《邱集》8532、《嚴集》7632）、卅二年奠令櫅洹矛（《邱集》8566、《嚴集》7663）、元年奠令櫅洹矛（《邱集》8567、《嚴集》7664）、卅四年奠令櫅洹矛（《邱集》8570、《嚴集》7667）、二年奠令櫅洹矛（《邱集》8571、《嚴集》7668）、卅三年奠令櫅洹劍（《邱集》8659）。

〔註210〕同註 206，裘錫圭文，頁 291-292。

六文，其形如下：

齒（2239）　　齒（2288）　　齒（0912）

齒（3583）　　齒（2296）　　齒（5411）

其上所從「止」旁，未見有作「⼐」形者，因知「齒」字作「齒」，實爲訛變之體。裘文據此訛變之孤證，遂謂燕銘「朿」亦爲「巿」字，說服力不足。況燕銘「朿」字，與兮甲盤「⼞」、齊銘「㞢」、晉銘「㞢」形體俱遠，其共同特徵唯在上半疑皆從「之」，至於形體結構則大異其趣。由此例以思，古文字構形演變研究之方法，猶亟需建立一客觀而嚴格之運作規範。

6722	8222
奠右庫戈	3 字
文物　1972.10.39 頁圖 17	

6723	8223
奠武庫戈	3 字
文物　1972.10.39 頁圖 19	

6724	8224
奠坒庫戈	3 字
文物　1972.10.39 頁圖 20	

6711	8204
奠武庫戈	3 字
奇觚	10.14
周金	6.54 前
小校	10.28.2
三代	19.32.2-3

6721   8221

鄭左庫戈   3字

文物　1960.3.27 頁圖 28

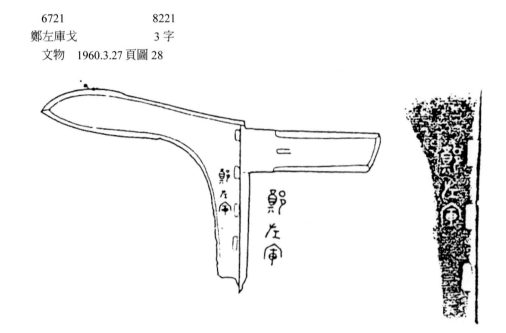

159　王二年鄭令韓□戈（《邱集》8402、《嚴集》7528）

　　例 159－171 凡十二器，皆 1971 年河南韓都新鄭遺址出土。本戈銘云：「王二年奠（鄭）命（令）韓□右庫工帀（師）□洛□」。韓國稱王，據《史記》所載，始自宣惠王十年（見《六國年表》），或十一年（見〈韓世家〉），於此之前，稱侯而不稱王。郝本性據此推論本戈年代之上限，不當早於韓襄王（宣惠王之子）二年，即公元前 310 年，此說確不可易。〔註211〕

　　三晉器銘縣令之「令」，悉以「命」字爲之。《說文》：「令，發號也。從亼、卩。」，又云：「命，使也。從口，從令。」「命」與「令」原爲一語，本爲複聲母，其後複聲母變爲單聲母，始形成二語二字。〔註212〕戰國時期「命」字之異文約有四式：一、「畝」字多見於楚系器銘，如鄂君啓舟節、者旨劃盤、新鄬戟（例 228）、曾侯乙墓所出簡文〔註213〕是也；二、「倫」字多見於韓銘，

〔註211〕郝本性：〈新鄭「新韓故城」發現一批戰國銅兵器〉，《文物》1972 年第 10 期，頁 32-36。

〔註212〕龍師宇純：《中國文字學》，頁 300。洪家義：〈令命的分化〉，《古文字研究》第十輯，頁 122-126。

〔註213〕裘錫圭：〈談談隨縣曾侯乙墓的文字資料〉，《文物》1979 年第 7 期，頁 26。

如例 168、169 新鄭兵器是也；三、「鈗」字多見於趙銘，如王立事劍（《錄遺》599）、三年𨦷令劍；四、「𨨗」字多見於魏銘，如卅二年𤇷令戈（例 266）、五年龔令戈〔註214〕、二十一年啓封令戈〔註215〕是也。

戈銘「𠫔」，係「工師」二字合文。林素清謂：

> （師字）殷墟卜辭和西周金文同作𠂤，西周中期以後，則有𠂤和𢀛兩形，前者用於師氏、大師等官名（如：師奎父鼎、師酉簋、毛公鼎、散盤）；後者則指軍隊。……春秋戰國時代，師字多省作𢀛，或另加橫畫於上，或加橫畫於中間豎筆，作𢀛、𢀛、𢀛。……戰國三晉兵器銘文屢見「工師」，如三十一年戟（《三代》20.23.2）作工帀，而大部分多用合文方式。由於工、𢀛（𢀛、𢀛）都有橫畫，因此可以併筆而省略橫畫，再加上「＝」符，作𠫔、或𠫔。〔註216〕

「工師」為工官之長，《呂氏春秋·季春紀》：「工師令百工審五庫之量……監工日號，毋悖命於時。」〈孟冬紀〉：「命工師效功，陳祭器，按度程，……必功致為上。」《呂氏春秋》所述雖為秦國制度，而三晉與秦接壤，制度多類同，由是亦可見三晉工師地位之一斑。

新鄭所出大批銅兵器，銘文辭例多同，先紀年，次為令、司寇，再次工師、冶尹，最後為冶。黃盛璋云：

> 漢代的銅（漆）器銘刻一般分為造、主、省三級監造，漢制多承秦制，而秦與三晉接壤，兵器銘刻很接近三晉，秦與三晉兵器亦當分為三級監造，茲試對比列為一表，以資比較研究……（源案：見附表一）……三晉與秦兵器中的相邦（秦同）、邦司寇、大攻尹（中央）與令（秦為守）、司寇（地方）等都是中央與地方的最高、次高官吏，所以都是監造者，在實際兵器生產中他們並不參加。……秦兵器銘刻中最低一級也叫做「工」，與漢同，三晉兵器之銘刻中最低一級叫

〔註214〕 王立事劍、三年𨦷令劍、五年龔令戈國屬之判別，詳黃盛璋：〈三晉兵器〉，頁 26、30。

〔註215〕 許明綱、于臨祥：〈遼寧新金縣後元台發現銅器〉，《考古》1980 年第 5 期，頁 478-479。

〔註216〕 林素清：〈論先秦文字中的「＝」符〉，《中央研究院歷史語言研究所集刊》第 56 本第 4 分，頁 806。

「冶」，相當於秦漢的「工」，都是兵器的直接製造者。……三晉兵
器中介於監造者與製造者之間的左右校、工師、冶尹應相當於漢代
的「主」，即主辦者，三晉的工師相當於秦的工師，冶尹應相當於秦
的工大人，冶尹應是冶之長，亦即工頭。〔註217〕

秦與三晉兵器辭例相近，充分反映當時兵器鑄造制度，為研究戰國冶鑄制度史
之絕佳材料。

附表一

朝代 國別	三晉			秦	漢	
	韓	趙	魏		銅器	弩機
造者	冶	冶	冶	工	工	郭工
主者 （主辦者）	工師 冶尹	工師 冶尹 左右校	工師	工師 丞 士上造 工大人	擴 扰 嗇夫 橡（令史， 令）	令 丞 橡 史
省（監）者 （監造者）	令、司寇	相邦 守相 大攻尹(中央) 令	邦司寇 （中央） 令	相邦（中央 及內史） 守（地方）	令（長） 丞（尉） 擴工卒令 監橡	監工橡 擴工橡 擴工令 擴工卒史

6880　　　　　　8402
王二年奭令戈　　13字
　文物　1972.10.39頁　圖二二

〔註217〕黃盛璋：〈三晉兵器〉，頁37-38。

160　王三年鄭令韓熙戈（《邱集》8423、《嚴集》7546）

本戈銘文二字，云：「王三年奠（鄭）命（令）（韓）熙、右庫工帀（師）史□、冶□」。鄭令之名作「」形，郝本性釋爲「熙」，黃盛璋從之，並考定此即《戰國策・韓策》建信君所輕之韓熙，爲韓桓惠王時之政要，因謂本戈乃桓惠王三年（公元前270年）所造。〔註218〕「史□」爲工師之名，第二字下从衣，上半所从稍泐，不識。冶之名，泐不可辨。

6900　　　　8423
王三年奠令韓熙戈　　15字
文物　1972.10.40頁圖二六

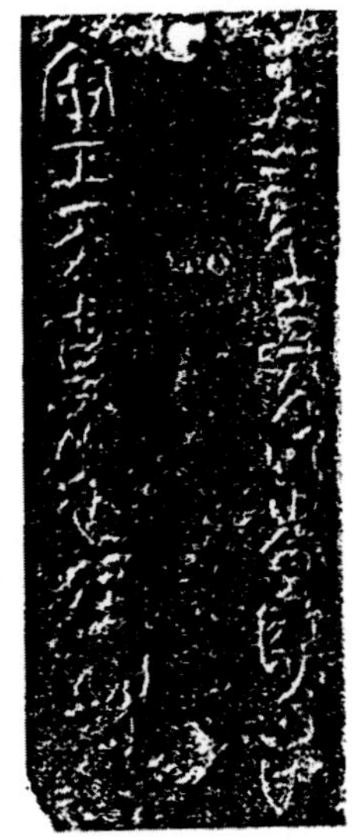

161　十四年鄭令趙距戈（《邱集》8439、《嚴集》7558）

162　十五年鄭令趙距戈（《邱集》8440、《嚴集》7559）

163　十六年鄭令趙距戈（《邱集》8441、《嚴集》7560）

上列三戈，郝本性釋文如下：〔註219〕

例161　十四年奠（鄭）命（令）肖（趙）距司寇（寇）王睹武庫工帀（師）盥（鑄）章冶□

〔註218〕黃茂琳（即黃盛璋）：〈新鄭出土戰國兵器中的一些問題〉，《考古》1973年第6期，頁377。

〔註219〕例161-171所引郝本性釋文，皆詳〈新鄭「鄭韓故城」發現一批戰國銅兵器〉，《文物》1972年第10期，頁35。

例 162　十五年奠（鄭）倫（命）肖（趙）距司𡨥（寇）彭璋右庫工
帀（師）𡐦（陳）𡐥（平）冶贛

例 163　十六年奠（鄭）命（令）肖（趙）距司𡨥（寇）彭璋坒庫工
帀（師）皇隹治瘓。

趙姓之「趙」，戰國時或作「肖」。如侯馬盟書：「出入趙北之所」，「趙北」
又作「肖北」；又如本文例 180「十二年趙令邯鄲𢧸戈」之「趙」即作「肖」。
趙距為當時之鄭令，即上列三戈之督造者。「寇」字西周金文从攴作「𤔲」（舀
鼎）；春秋晚期侯馬盟書作「𢨋」；而戰國晚期新鄭兵器皆从戈作「𢧐」，魏銘
亦多从戈作「𢧑」（大梁鼎）。「司寇」為先秦古官，[註220] 例 161、163 書作
「司𢧐」，例 162 則作「𤔲」，二字合書，而省司下之口形。上文所錄郝本性釋
文中，例 161「𥨊」、例 163「瘓」二字，蝕泐難辨。

6915　　　　　　　　8439
十四年奠令戈　　　19字
文物　1972.10.40 頁圖二七

6916　　　　　　　　8440
十五年奠令戈　　　19字
文物　1972.10.40 頁圖二八

6917　　　　　　　　8441
十六年奠令戈　　　19字
文物　1972.10.40 頁圖二九

〔註220〕《禮記‧王制》：「司寇正刑明辟以聽獄訟」。

164　十七年鄭令坐□戈（《邱集》8442、《嚴集》7561）

郝本性釋云：「十七年奠（鄭）命（令）坐（茲）恒司㓂（寇）彭璋武庫工
帀（師）皇帠冶狃」，其中「恒」、「帠」、「狃」三字蝕泐難辨。本戈之紀年爲桓
惠王十七年，詳例170－171。

```
6918              8442
十七年奠令戈        19 字
文物　1972.10.圖版肆：1
```

165　廿年鄭令韓恙戈（《邱集》8434、《嚴集》7553）

郝本性釋云：「廿年奠（鄭）伶（令）韓恙司㓂（寇）吳裕右庫工帀（師）
張阪冶贛」，「命」字从人，「司寇」合書。本戈之紀年爲桓惠王二十年，詳例
170－171。

```
6910              8434
廿年奠令戈          18 字
文物　1972.10.圖版伍：　4
```

166　廿一年鄭令䑓□戈（《邱集》8443、《嚴集》7562）

郝本性釋云：「廿一年奠（鄭）命（令）䑓□司宼（寇）吳裕左庫工帀（師）吉忘冶緅」，其中「司宼」二字蝕沏，惟據辭例以辨，郝釋可從。本戈之紀年爲桓惠王二十一年，詳例 170－171。

	6919	8443
廿一年奠令戈		19字
文物　1972.10.34 頁圖三〇		

167　卅一年鄭令檟涫戈（《邱集》8444、《嚴集》7563）

郝本性釋云：「卅一年奠（鄭）命（令）檟涫司宼（寇）肖（趙）它坓庫工帀（師）皮耴冶眉（尹）啓」，其中「檟」、「耴」、「眉」蝕沏難辨，惟參照同出之「卅三年鄭令檟涫劍」（《邱集》8659），可予補闕。本戈之紀年爲桓惠王卅一年，詳例 170－171。

	6920	8444
卅一年奠令戈		19字
文物　1972.10 圖版肆：4		

168　四年鄭令韓□戈（《邱集》8449、《嚴集》7568）

169　五年鄭令韓□戈（《邱集》8450、《嚴集》7569）

郝本性之釋文如下：

例 168　四年奠（鄭）侖（令）韓□司宼（寇）長（張）朱武庫工帀

（師）弗惑冶宵（尹）啟造

例 169　五年奠（鄭）侖（令）韓□司宼（寇）張朱右庫工帀（師）

邑高冶宵（尹）蠕造

此二戈鄭令之名皆難辨，惟司寇既爲一人，則令殆亦同一人。命字作「侖」，「司寇」合書，「冶」字作「𡉻」，「造」字作「啟」，二戈銘文字體全同，亦可爲同一鄭令所督造之證，其年代皆屬韓王安時期。

6925	8449
四年奠令戈	20 字
文物　1972.10 圖版肆：5	

6926	8450
五年奠令戈	20 字
文物　1972.10 圖版伍：2	

170　六年鄭令癹曾戈（《邱集》8451、《嚴集》7570）

171　八年鄭令癹曾戈（《邱集》8452、《嚴集》7571）

上列二戈，郝本性之釋文如下：

例 170　六年奠（鄭）侖（令）癹曾司寇（寇）向□左庫工帀（師）
全（倉）慶冶胥（尹）□造

例 171　八年奠（鄭）侖（令）癹曾司寇（寇）史墜右庫工帀（師）
高冶胥（尹）□造

其中例 170「慶」字、例 171「史」字，蝕泐難辨。「 」字原銘文作「 」，黃盛璋謂从日、屯聲，當釋爲「春」，可從。〔註 221〕

例 161－171 各器之年代，郝本性考定爲韓桓惠王至韓王安時期。〔註 222〕茲以該文冗長，不便詳引，但轉述其意如下：

（一）同出有銘爲「三十四年」者，如「卅四年矛」（郝文 19 號）。韓王唯桓惠王在位達三十四年，銘云：「三十四年」者，乃桓惠王三十四年（公元前239 年）。本文例 167「卅一年戈」（郝文 16 號），銘文「鄭令樀湉」、「坐庫工師皮乢」亦見於「三十四年」戈銘，亦當屬桓惠王器。源案：韓王在位達三十一年者，亦唯桓惠王一人，故例 167 必屬桓惠王時。

（二）本文例 161「十四年戈」（郝文 10 號）至例 166「廿一年戈」（郝文15 號），人名可相聯繫，其中「冶贛」亦見於韓王安三年戈（未刊布），故其年代當距韓王安之前不久，殆屬桓惠王時期。

（三）本文例 168「四年戈」（郝文 23 號）至例 171「八年戈」（郝文 27號），人名可相聯繫，其中「冶胥端」亦見於桓惠王三十四年器（未刊布），桓惠王之後爲韓王安，故例 168－171 殆屬韓王安時期。黃盛璋則先考定「王三年奠令韓熙戈」（例 160）爲桓惠王時器，復據此推論，其結論與上引郝說契合。〔註 223〕黃文冗長，不擬具引。

〔註 221〕黃茂琳（即黃盛璋）：〈新鄭出土戰國兵器中的一些問題〉，《考古》1973 年第 6 期，頁 379。

〔註 222〕郝本性：〈新鄭「新韓故城」發現一批戰國銅兵器〉，《文物》1972 年第 10 期，頁36。

〔註 223〕同註 221，黃茂琳文，頁 377。

　　茲由銘文字體與辭例觀之，亦可爲郝說添一佐證。兵器題銘發展之趨向，爲「物勒工名，以考其誠」，督造制度日益加密，辭例因之愈演愈長。此一趨向，由本文所列西周諸器與戰國諸器對照，即可得知。茲分析郝表所列各器釋文如下：

（一）編號1－6，含本文例154－156。

　　　　無紀年，僅記作坊名。

（二）編號7－8，即本文例159－160。

　　　　紀年分別爲「王二年」、「王三年」，黃盛璋考定爲桓惠王時期。辭例爲「令、工師、冶」，「命」字不從人旁，銘末無「造」字。

（三）編號9－15，含本文例161－166。

　　　　紀年由「九年」至「二十一年」，所屬年代待考。辭例爲「令、司寇、工師、冶」，於工師之前加司寇爲督造者。「命」字或從人作「佮」，或否。銘末皆無「造」字。

（四）編號16－19，含本文例167。

　　　　紀年由「三十一年」至「三十四年」，以韓王在位達三十一年者，唯桓惠王一人，故年代必屬桓惠王時期。工師之前皆有司寇，「命」字從人與否參半。第16－17號二器銘末仍無「造」字，第18－19號二器銘末已綴一「造」字。

（五）編號20－22。

　　　　紀年由「元年」至「三年」。銘文所見之人名，可與編號16－19相聯繫，故所屬年代確定爲桓惠王之子韓王安時期。「命」字從人作「佮」，工師之前有司寇，銘末有「造」字，無一例外。

（六）編號23－27，含本文例168－171。

　　　　紀年由「四年」至「八年」，所屬年代待考。「命」字從人作「佮」，工師之前有司寇，銘末有「造」字，亦無一例外。

綜上所述，「命」字從人作「佮」，工師之前加司寇爲督造者，銘末綴一「造」字，此三特徵皆不見於桓惠王即位初期所造器，其間經歷一過渡階段，至桓惠王晚年已形成固定之辭例，新鄭兵器題銘由簡而繁，適與周秦兵器題銘之發展趨向一致，如上文所言，郝本性推論各器年代所據者，一爲韓國諸王在位年代，

一爲各器銘文所見人名之聯繫。今分析辭例與字體之發展規律，所得結論亦與郝表所列次第相應，當可爲郝文之佐證。故本節所論各器之年代，例 161－167 屬桓惠王時期，例 168－171 則屬韓王安時期。

6927　　　　　　　8451
六年奠令戈　　　　20字
文物　1972.10 圖版伍：6

6928　　　　　　　8452
八年奠令戈　　　　20字
文物　1972.10 圖版伍：3

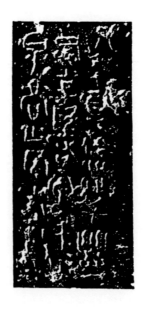

172　廿四年郫陰令戈（《邱集》8416、《嚴集》7542）

本戈銘文在內末，云：「廿四年郫陰令□、右庫工帀（師）𡴑、冶豐」。「陰」字作「陰」，亦見於𪓑羌鐘、上官鼎，右旁「全」為「金」字省文，如侯馬盟書「鑿」字或从金作「鍂」，或从全作「鈺」，金、今音同，故「陰」當釋為「陰」。黃盛璋謂「郫」即申國之「申」，申滅於楚，故城位當河南南陽。韓襄王十一年（公元前301年）攻楚，得南陽地（即申地）。襄王以降，唯桓惠王在位二十四年以上，戈銘之紀年即桓惠王二十四年。〔註224〕

```
6895                       8416
廿四年𡧜陰令戈            存 14 字
  積古   9.5
  金索   金 2.112
  攈古   二之二，21
  餘論   28
  周金   6.5
  小校   10.56.1
  三代   20.26.1
```

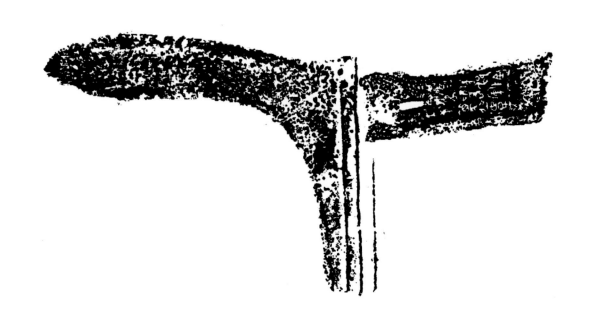

〔註224〕黃盛璋：〈三晉兵器〉，頁 16-17。

173　六年鄭令韓□戈（《邱集》8386、《嚴集》7512）

本戈內末銘云：「六年奠（鄭）命（令）韓□、右庫工帀（師）□□、冶狄」。
鄭令之名，李學勤釋「魚」，[註225] 黃盛璋釋「熙」。[註226] 韓熙為桓惠王時之
政要（參例160），若黃說可信，則本戈乃桓惠王六年（公元前267年）所造。
此銘下從火固可識，惟上半則蝕泐難辨，黃說未審當否？工師之名，亦泐損不
清，李學勤釋作「司馬雎」，黃盛璋釋作「司馬鴟」，皆以「司馬」為合文，而
「隹」、「鳥」一字，故二人所釋實同。

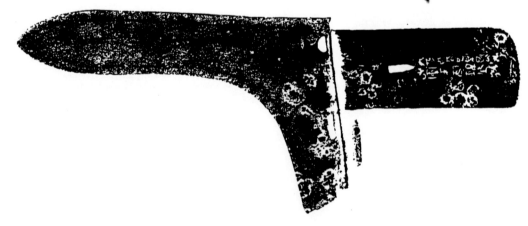

6865　　　　　　　　8386
六年奠令韓熙戈　　　存 10 字
三代　19.52.1
考古　1973.6.372 頁　圖一：3

〔註225〕李學勤：〈戰國題銘概述（中）〉，《文物》1959 年第 8 期，頁 60。

〔註226〕黃茂琳（即黃盛璋）：〈新鄭出土戰國兵器中的一些問題〉，《考古》1973 年第 6 期，
　　　　頁 377。

174　八年亲城大令韓定戈（《邱集》8418、《嚴集》7544）

　　本戈內末刻銘二行，云：「八年亲（新）城大命（令）𩵋（韓）定、工帀（師）宋□、冶□」。「年」字泐，據辭例可補。第三字上半稍泐，殘文作「米」形，梁上椿釋爲「亲」（《嚴窟》下 57）。金文「木」字習見作「米」形，如「杜」字或作「杜」（杜伯盨），或作「杜」（杜伯鬲）。中伯簋「亲」字作「𣗍」，與戈銘殘文相似。故此銘釋「亲（新）」，可從。本戈柯昌泗定爲楚器，所據爲《戰國策・楚策》載楚王以新城爲主郡（《嚴窟》下 57 引）。然《楚策》下文復載，鄭申爲楚使韓，矯以新城予韓太子，是新城復歸於韓。黃盛璋即據此以駁柯說，而改定爲韓器。〔註227〕《史記・白起傳》載昭王十三年攻韓之新城，〈秦本紀〉載昭王廿五年與韓王會新城，凡此皆爲新城屬韓之證。本戈銘文「令、工師、冶」之辭例，三晉兵器銘文習見，而楚兵未見此類題銘，用知此爲韓器無疑。「宋」爲工師之姓，其名漫漶不識。末一字爲冶之名，右似从者，左泐不識。

```
6897              8418
八年亲城大令戈      14 字
　嚴窟　下 57
　錄遺　581
```

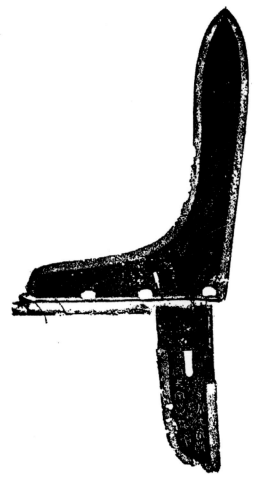

〔註227〕黃盛璋：〈三晉兵器〉，頁 15-16。

175　十七年彘令艇肯戈（《邱集》8453、《嚴集》7572）

　　本戈內末銘云：「十七年彘倫（令）艇肯、司寇奠（鄭）啻、右庫工帀（師）□較、冶𣊑𣪊（造）」。第四字摹文作「𠕀」，象矢以貫物形，劉體智釋為「彘」（《小校》10.59.2）。「彘」字衛盉作「𣲷」、癲壺作「𤉐」、侯馬盟書作「𡗕」，與本銘摹文形近，釋「彘」可從。《史記・周本紀》：「厲王出奔於彘」，《集解》引韋昭云：「彘，晉地，漢為縣，屬河東，今曰永安。」惟三家分晉後，彘地何屬，文獻無徵。黃盛璋據銘文辭例定為韓器，蓋以令名之後又加司寇為監造，與新鄭韓兵器辭例合。〔註228〕筆者觀察銘文字體，亦以韓器之說可從。三晉器銘縣令之「令」，悉以「命」字為之。三晉「命」字之異文有三，「𫍯」多見於魏銘，「俞」多見於趙銘，「倫」則多見於韓銘。新鄭所出已發表之兵器銘文，「命」字二十一見，其中从人作「倫」者十三見。〔註229〕本戈「命」字作「倫」，與新鄭韓兵同。令之後又加司寇為監造者，韓、魏習見，趙未之見。魏銘「司寇」多分書，如「七年邦司寇富無矛」（《邱集》8556）、「十二年邦司寇肖新劍」。〔註230〕韓銘「司寇」多合書，新鄭韓兵合書者十三見，不合書六見。〔註231〕銘末「𣪊」字，據辭例可確認為「造」字。趙器銘末多作「執齊」不作「造」，所見唯例180「十二年趙令邯鄲𢧐戈」例外。魏器銘末有綴「造」字者，如「七年宅陽令矛」（《邱集》8559），然類似之例魏器鮮見。新鄭韓兵辭例為繁式者（令、工師、冶），凡二十一見，其中銘末綴有「造」字者十見。〔註232〕據上述字體以辨，此為韓器殆無可疑。

〔註228〕黃盛璋：〈三晉兵器〉，頁17。

〔註229〕詳郝本性：〈新鄭「鄭韓故城」發現一批戰國銅兵器〉，《文物》1972年第10期，頁35〈銘文簡釋表〉。表中「倫」字見於編號9、11、14、17、19-27，凡十三見。

〔註230〕黃盛璋：〈三晉兵器〉，頁28。

〔註231〕資料來源同註232。「司寇」合書者，見於編號11、13-15、17-18、20-21、23-27，等十三器，不合書者見於編號9、10、13、16、19、22等六器。

〔註232〕同註229，郝本性文，編號18-27，凡十器。

6929　　　　　　　　8453
十七年彘令戈　　　20字
　小校　10.59.2
　考古　1973.6.373頁　圖二：2

176　四年邘令䎇戈（《邱集》8413、《嚴集》7538）

本戈殘存內末，銘云：「四年邘令䎇庶長工帀（師）□□□□巽」。李學勤云：

> 這件戈是很特別的。庶長是秦爵，字體也是秦式的，但以令督造不
> 見於秦而只見於三晉，「工師」合書也是三晉的特色。我們認爲這一
> 問題可解釋如下：邘在今河南沁陽西北，戰國時屬於韓國，在由野
> 王通上黨的走廊地帶上。秦昭王四十五年，白起「伐韓之野王，野
> 王降秦，上黨道絕」（《史記・白起王翦列傳》），野王西北三十里的
> 邘當於此時被秦所佔領。這件戈當爲秦人沿襲韓國的設備制度所
> 鑄，所以兼有秦和三晉兩重性質。昭王四十五年後只有始皇帝有四
> 年，當即此戈之鑄造年代。〔註233〕

林巳奈夫、王愼行皆從其說。〔註234〕惟就字體以辨，此銘實合於三晉，而不合
於秦，非如李學勤所謂之「秦式」文字。

　　戈銘字體歸屬問題，茲以常見之「四」、「年」二字爲例。三晉兵器「四」
字皆作積畫形之「亖」，如：

　　　　（1）韓　　四年鄭令韓□戈（《邱集》8449、〈考釋〉168）

　　　　（2）趙　　四年相邦春平侯劍〔註235〕

　　　　（3）魏　　卅四年邘丘令癹戈（《邱集》8400、〈考釋〉187）

春秋時期秦銘猶見作「亖」者，如秦公鐘、秦公簋即是，然此期石鼓文已作「四」
形，至戰國則皆作「四」形，茲舉兵器爲例：

　　　　（4）四年相邦樛斿戈（《邱集》8417、〈考釋〉194）

　　　　（5）四年相邦呂不韋戈（《邱集》8392、〈考釋〉203）

　　　　（6）十四年屬邦戈（《邱集》8381、〈考釋〉207）

本戈「四」字作「亖」，與戰國秦銘異，而合於三晉器銘。再如「年」字，本

〔註233〕李學勤：〈戰國時代的秦國銅器〉，《文物參考資料》1957年第8期，頁40。

〔註234〕林巳奈夫：《中國殷周時代の武器》，頁604。王愼行：〈從兵器銘刻看戰國時代秦
　　　　之冶鑄手工業〉，《人文雜誌》1985年第5期，頁78。

〔註235〕此劍國屬之判別，詳黃盛璋：〈三晉兵器〉，頁21，圖見《考古》1973年第6期圖
　　　　版伍。

戈作「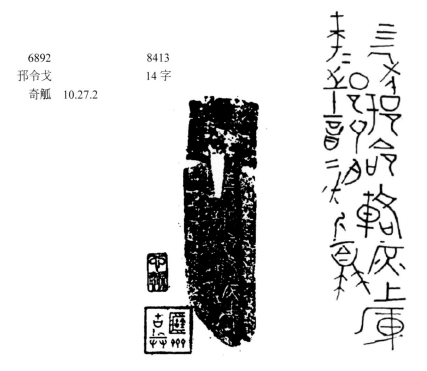」，首端特長而方折，新鄭韓兵所見多俱此特徵，如：

（7）　　王二年鄭令韓□戈（《邱集》8402、〈考釋〉159）

（8）　　卅三年鄭令檀沰劍（《邱集》8659）

見於趙、魏者亦多作此形，如：

（9）趙　　十二年趙令邯鄲戈（《邱集》8430、〈考釋〉181）

（10）魏　　卅三年大梁左庫戈（《邱集》8396、〈考釋〉186）

而秦銘所見首端皆作銳角三角形，較上舉三晉字體少一筆，區別甚顯，如：

（11）　　廿二年臨汾守戈（《邱集》8395、〈考釋〉208）

（12）　　四年相邦樛斿戈（《邱集》8417、〈考釋〉194）

至於「命」字所從之卩作「卩」形，尤與三晉契合，如新鄭韓兵即悉作此體。故就字體以辨，本銘當屬三晉，而非秦式。

　　秦制爵二十級，其第十級爲左庶長，十一級爲右庶長，十七級爲馭車庶長，十八級爲大庶長。大庶長位高權重，掌全國軍政實務。據《史記·秦本紀》載，商鞅變法成功，孝公拜爲左庶長，足見秦爵庶長地位尊崇。然戈銘庶長次於縣令後，而與工師連稱，地位實卑，與史籍所述秦爵不符，故難據之論定本戈爲秦器。反之，據「四」、「年」二字之字體，「工師」合文，「令、工師、冶」之辭例，皆可斷此爲三晉器；復以地名「邘」，戰國時屬韓，故此戈當爲韓器。

6892
邘令戈
奇觚　10.27.2

8413
14字

177 欒左庫戈（《邱集》8206、《嚴集》7368）

本戈內末有銘文三字，云：「欒左庫」。第三字阮元釋為「軍」，云：

> 右「欒左軍戈」，器為元所藏。案欒字古樂省，齊有樂施，晉有樂枝、
> 樂書、樂黶、樂盈。左軍即下軍，古人尚右，則左為下矣。晉有三軍，
> 《左》僖二十七年《傳》：城濮之戰，樂枝將下軍；文十二年《傳》：
> 河曲之戰，樂盾將下軍；宣十二年《傳》：邲之戰、樂書佐下軍；成
> 十二年《傳》：鄢之戰，書將下軍。此戈其晉樂氏之物與？然則，高
> 陽左戈之左，亦左軍也。後載戈銘有作左軍者，今據此釋為左軍。（《積
> 古》8.17）

後之學者多從此說。〔註236〕然此字所從「⌂」象屋舍形，當釋為府庫之「庫」，詳例154「鄭右庫戈」。「欒」、「欒」一字，《左傳·哀公四年》：「齊國夏伐晉，取欒。」杜《注》：「欒城在平棘縣西北」，黃盛璋據之而謂：「故城在今欒城東北，戰國時，其地應屬趙。」〔註237〕因定此為趙器，其說可從。

6713	8206
欒左庫戈	3字
積古　8.17	
金索　金2.110	
綴遺　30.17	
攗古　一之二，43	
周金　6.43	
小校　10.28.1	
三代　19.33.1	

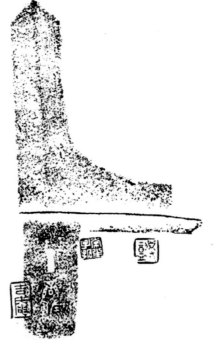

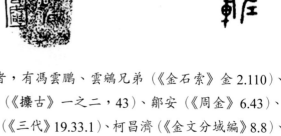

〔註236〕本戈銘文從阮元釋作「欒左軍」者，有馮雲鵬、雲鵷兄弟（《金石索》金2.110）、方濬益（《綴遺》30.17）、吳式芬（《攗古》一之二，43）、鄒安（《周金》6.43）、劉體智（《小校》10.28.1）、羅振玉（《三代》19.33.1）、柯昌濟（《金文分域編》8.8）、羅福頤（《代釋》4587）等人。

〔註237〕黃盛璋：〈三晉兵器〉，頁27。

178 甘丹上戈（《邱集》8226、《嚴集》7379）

本戈河北邯鄲百家村第 3 號戰國墓出土，[註238] 藏河北省博物館，僅存鉤狀戈內，上有銘文三字，黃盛璋釋爲「甘（邯）丹（鄲）上」，並據《嚴窟》59 銘云：「甘丹上庫」，謂前者乃後者之省，其說可從。[註239]

6726　　　　8226
甘丹上戈　　　3字
　考古　1962.12.624頁　圖一六

179 元年鄴令戈（《邱集》8425、《嚴集》7548）

戈胡正面銘云：「元年鄴倫（令）夜□、上庫工帀（師）□、冶闠」，背面內末銘云：「其都」。第三字當隸定作「鄴」，黃盛璋云：

> 按〈玉篇〉土部埒字下注：「正作鄴」。《漢書‧地理志》雁門都下有埒縣，……漢雁門郡來自秦，而秦雁門郡又來自趙，《史記‧匈奴傳》說趙武靈王「北破林胡、樓煩，築長城，自代并陰山，下至高闕爲塞，置雲中、雁門、代郡」，趙置此三郡時間當在武靈王。……綜合這些情況推斷，戈銘之「元年」雖然也可屬於惠文王之後王也，但以置於惠文王元年，比較符合當時情勢。[註240]

「夜□」爲鄴令之名，「夜」下一字殘泐不識，黃盛璋隸定爲「曾」。內末背銘

[註238] 河北省文化局文物工作隊：〈河北邯鄲百家村戰國墓〉，《考古》1962 年第 12 期，頁 623。

[註239] 黃盛璋：〈三晉兵器〉，頁 25。

[註240] 黃盛璋：〈三晉兵器〉，頁 27。

舊皆未識，疑爲「其都」二字，字體與正面胡銘有別，蓋本戈鑄於「郲」，後撥交「其都」使用，故加刻置用地之名。

6902　　　　　　　8425
元年鄭令戈　　　　16字
　錄遺　580

180 十二年趙令邯鄲𢓊戈（《邱集》8427、《嚴集》7550）

181 十二年趙令邯鄲𢓊戈（《邱集》8430、《嚴集》7551）

　　上列二目，實爲同一器，《孫目》誤分，《邱集引得》已辨正之。《邱集》以《孫目》爲底本，故沿其舊；本文以《邱集》爲底本，姑仍之。

　　戈胡銘云：「十二年肖（趙）命（令）邯邥（鄲）𢓊，右庫工帀（師）□紹、冶倉敳（造）」。「邯鄲」二字合文，作「𨾋」，當隸定爲「邯邥」，「丹」、「單」音同可通，故此銘即趙都邯鄲。以二字俱从邑，故合文略去其一。侯馬盟書所見「邯鄲」二字，或不合文作「𨾋𨾋」（如 3：27），或合文作「𨾋」（如156：25），或合文而未加合文符作「𨾋」（如 156：19）。〔註241〕「邯鄲」於本銘爲趙令之姓，《世本》：「趙穿食采邯鄲，以國爲氏」，晉末有邯鄲大夫午，見《史記》之〈晉世家〉、〈趙世家〉。本銘邯鄲氏之名，不識，左似从亡，右似从𧵜，姑隸定爲「𢓊」。工師之名，下一字作「𦁀」，从糸，从刃、从口，偏旁刀、刃事類相近可通，因釋爲「紹」。「紹」上一字，不識，黃盛璋隸定爲「翠」。〔註242〕

6904　　　　　　8427
十二年少令邯鄲戈　　16字
嚴窟　下56

〔註241〕林素清：《戰國文字研究》，頁 147-148。

〔註242〕黃盛璋：〈三晉兵器〉，頁 25。

182 王立事戈（《邱集》8432b）

本戈拓本未見刊布，摹文載於《彙編》354，「王立事□□徧（令）□卯、左庫工帀（師）司馬□、𧸀執齋（劑）」。《錄遺》599著錄一劍（附圖182：1），黃盛璋釋爲：「王立吏（事）、葡陽（陽）徧（令）瞿卯、左庫工帀（師）司馬部、冶𢕓執齊」。〔註243〕二器對勘，知其銘文相同。戈銘摹文殘泐失眞處，據劍銘可正。「立事」一詞，齊銘習見，如國差𤭛銘：「國差立事歲」（《三代》18.17），陳猷釜銘：「陳猷立事歲」（《三代》18.23），然據戈銘所示之鑄造制度，且銘末綴以「執齊」者，爲趙國兵器辭例特徵，如例183銘云：「廿九年相邦肖（趙）□、邦右庫工帀（師）觀䀉、冶区□執齊」，故本戈當係趙器，以趙、齊接壤，往來密切，受齊之影響，故銘首亦見「王立事」語。1960年河北磁縣白陽城遺址出土一劍，銘云：「王立事，邱徧（令）肖（趙）世，上庫工帀（師）樂曼，冶𨦗執齊（劑）」，令爲趙姓，且出於河北，黃盛璋定爲趙器，可爲本戈屬趙佐證。〔註244〕「葡陽」爲本戈之鑄地，惟其地望尚待查考。「命」字未見從邑之例，此當係從人或從彳之誤摹。摹文「𧸀」字，參照劍銘，知乃「𧸀𢕓」之誤摹，「冶」字作「𨦗」形，多見於趙器，此亦可爲本戈屬趙之證。「𢕓」爲冶工之名。「執齋（齊）」一詞，趙國兵器銘文習見，于省吾謂「齋」、「齊」典籍同用，即《周禮‧考工記》「冶氏執上齊」之「齊」，「齊」讀作「劑」，即今所謂「調劑」、「調和」，兵器銘末每言某「執齋」者，蓋言某掌握兌劑之事。〔註245〕

〔註243〕黃盛璋：〈三晉兵器〉，頁26。

〔註244〕同上註。

〔註245〕于省吾：《商周金文錄遺‧序言》，頁2。

6908／b　　　　　8432b
王立事戈　　　　　17字
seligman（1957）1.19
彙編　5.401.（354）

附圖 182：1

7090　　　　　8653
王立事劍　　　　19字
周金　6.91
小校　10.102
錄遺　599

183　廿九年相邦肖□戈（《邱集》8448、《嚴集》7567）

　　《貞松》12.10.2 載有本戈摹文，黃盛璋據原拓重摹，釋云：「廿九年相邦肖（趙）□、邦右庫工帀（師）雚沓、冶囷□執齊」，復據辭例定爲趙器，謂趙唯惠文王在位二十九年以上，故戈銘紀年乃趙惠文王二十九年。〔註246〕據黃氏摹文，「廿」與「相」右下皆有二短橫作「＝」形，此當係連文符，表明「廿九」、「相邦」各爲一詞組。〔註247〕

6924　　　　　　　8448
卅九年相邦肖口戈　　　19 字
安徽金石　16.6.1

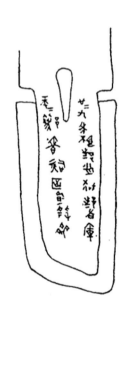

〔註246〕黃盛璋：〈三晉兵器〉，頁 23。

〔註247〕林素清：〈論先秦文字中的「＝」符〉，《中央研究院歷史語言研究所集刊》第 56 本第 4 分，頁 815-824。

184　郏戈（《邱集》8162、《嚴集》7328）

戈內銘文二字，前一字作「」，左旁所从與含𩰱匜「共」字作「𦥑」全同，增邑旁乃春秋戰國時期地名專字習見現象。《春秋・隱公元年》：「大叔出奔共」，杜《注》：「共國，今汲郡共縣。」羅苹《路史注》云：「字一作『郏』」，程恩澤《國策地名考》云：「《寰宇記》，共伯國在衛州共城縣東一里十步，故城尚存，今在衛輝府輝縣東北九里。」即今河南輝縣。〔註248〕共國故地，春秋屬衛，戰國屬魏。本戈形制長胡三穿，時代不早於戰國初期，〔註249〕當係魏國所造。

```
6674                8162
郏戈                 2字
夢郚　中5
三代　19.29.1
```

〔註248〕羅苹、程恩澤之說，詳陳槃：《春秋大事表列國爵姓及存滅表譔異》，頁159-164。

〔註249〕江村治樹將本戈之時代，定於戰國中、晚期，詳〈春秋戰國時代の銅戈・戟の編年と銘文〉，《東方學報》第52冊，頁107。惟本戈銘文辭例，近於韓國早期之「𢧀戈」，（例151）、「寅戈」（例152），而與戰國中、晚期三晉兵器冗繁之辭例殊趣，故其時代不當遲至戰國中、晚期。

185 朝訶右庫戈（《邱集》8339、《嚴集》7472）

本戈銘文由援本至胡，羅振玉釋爲「朝訶右軍□戋」，復云：

此戈往歲見之都肆，朝訶當即朝歌。余義鐘：「飲酓訶舞」，亦假訶

作歌。（《貞松》11.32）

羅氏以假借說「訶」字，似有可商，从言、从欠事義相因，當可通作，「訶」爲
「歌」之古文，非假「訶」作「歌」。第四字作「庫」，上从「个」象屋舍形，
當釋爲「庫」，詳例 154「鄭右庫戈」。《左傳‧襄公二十三年》：「齊伐晉，取朝
歌。」《史記‧秦本紀》：「始皇六年伐魏，取朝歌。」用知朝歌春秋屬晉，戰國
屬魏。

6822	8339
朝訶右庫戈	7 字
貞松 11.32	
三代 19.46.1	

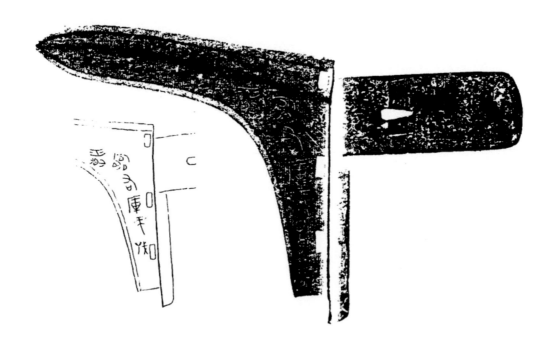

186 卅三年大梁左庫戈（《邱集》8396、《嚴集》7522）

本戈 1974 年湖南衡陽市南郊戰國墓出土，銘云：「卅（三十）三年大朵（梁）左庫工帀（師）丑、冶□」。〔註 250〕《說文》：「梁，水橋也。从木、从水、刅聲。」水上架木，此橋樑之初文，後以假爲地名之用，復累增木旁以爲別。地名「梁」字，金文或省木旁作「」（梁伯戈），或省水旁作「」（本銘），後乃从邑作「」（大梁鼎），形成地名專字。據《史記・魏世家》載，魏惠王九年遷都大梁，戈銘「大梁」即指魏都。「卅三年」爲魏之紀年，魏王在位達三十三年以上者，唯文侯（公元前 445－396 年）、惠王（公元前 369－319 年）及安釐王（公元前 276－243 年）。原報告據同出陶器與戈銘字體辭例，斷爲魏惠王三十三年器。〔註 251〕

6875　　　　　　8396
卅三年大梁左庫戈　　12 字
考古　1977.5.357 頁　圖三

〔註 250〕單先進、馮王輝：〈衡陽市發現戰國紀年銘文銅戈〉，《考古》1977 年第 5 期，頁 357。

〔註 251〕同上註，頁 358。

187　卅四年邨丘令癹戈（《邱集》8400、《嚴集》7526）

　　本戈 1971 年湖北江陵拍馬山第 5 號墓出土，內末刻銘三行，原報告釋云：「卅三（四）年，我兵（丘）命（令）癹，左工帀（師）晢，冶蒀」，據辭例斷為三晉器，又據地名「我丘」定為魏器，再據墓棺形制及同出物器擬定為魏惠王器。〔註252〕「我」字，劉彬徽反覆勘驗原器，確定作「𣪘」形。此字黃盛璋隸定為「邨」，謂戈銘「邨丘」即「頓丘」，證云：

> 周將殷都附近封衛康叔，故頓邱屬衛，《詩·衛風》：「送子涉淇，至于頓丘」可證，但春秋末年已為晉有。《水經注·淇水》引《竹書紀年》：「晉定公三十一年城頓邱」。戰國屬魏，《戰國策·燕策》：「決宿胥之□，魏無虛，頓丘」。所以此戈自魏頓丘所造。魏有三十四年以上者僅魏惠王及安釐王，安釐王三十四年卒，次年即景湣王元年，「秦拔我二十城，以為東郡」，見《史記·魏世家》。頓丘漢屬東郡，頓丘入秦應在是年，而三十五年前秦已取郢為南郡（公元前 278 年），此戈三十四年如為安釐王，可以解釋魏頓丘戈何以出土於江陵拍馬山 5 號墓，但該墓同出器物及棺的形制年代都較早，似不得晚至秦始皇時，故戈的年代仍以魏惠王三十四年（公元前 337 年）較為適宜。〔註253〕

「邨」、「頓」古音聲近韻同，可通。「丘」字甲骨文作「𠂤」（《乙》4518），象兩丘峰形，戰國時多累增土旁，如鄂君車節作「𡊣」，中山王墓刻石文作「𡊣」，皆與《說文》古文作「𡊽」合。本銘下不從土，作「𠂤」，釋為「丘」，當無可疑。

〔註252〕湖北省博物館等：〈湖北江陵拍馬山發掘簡報〉，《考古》1973 年第 3 期，頁 156、161。

〔註253〕黃盛璋：〈三晉兵器〉，頁 32-33。

6878　　　　　　　　8400

卅四年邨令戈　　13 字

考古　1973.3.156 頁圖九

188 九年^弋丘令雍戈（《邱集》8407、《嚴集》7532）

本戈兩面均有刻銘，正面銘於內末，分列兩行，自右行起讀，銘云：「九年
^弋丘命（令）雍、工帀（師）𢎫、冶㷉」。背面銘「高望」二字，於援、胡之
間，字體碩大，筆劃方折，與正面銘文風格不同，蓋非同時同地所刻。秦戈每
於戈內另一面刻一地名，別無上下文。此類地名，李學勤謂乃該器置用處之地
名，〔註254〕本銘「高望」蓋亦屬此例。高望於漢時屬上郡，漢上郡來自秦上郡，
而秦上郡係魏所獻者（參例196「六年上郡守疾戈」）。依辭例，「^弋丘」爲戈之
鑄地，則「高望」當係置用地。黃盛璋云：「高望二字應是入秦以後所刻，蓋俘
魏國兵器而撥給高望縣用的。」〔註255〕其說可從。「𠀄」當釋爲「丘」，已詳例
187。「^弋」字，黃盛璋謂即戴國之「戴」，考證云：

> 《漢書・地理志》梁國下有「甾縣故戴國」，後漢章帝時改曰考城，
> 故城在考城縣東南二十五里，此地戰國顯然屬魏。同書山陽郡有甾
> 鄉縣，楚國有甾丘縣，都與戴國故地有關。以地理考之，山陽郡有
> 單父縣，戰國時爲魏地，而山陽郡又與梁國接境，所屬之甾鄉可以
> 屬魏。至於甾丘當是楚、魏接境之地，其南爲楚符離之塞（見楊守
> 敬《戰國疆域圖》），戰國疆界變化不定，戈銘之^弋丘應即甾丘，那
> 麼至少鑄此戈時甾丘是屬魏地。〔註256〕

據黃文所考，本戈爲魏國器當可論定。本戈之形制及銘文字體、辭例，皆與例
187「卅四年邨丘令椡戈」相近。例187之時代，據前文所考蓋爲魏惠王三十四
年（公元前337年），本戈之年代當與之相去不遠。

〔註254〕李學勤：〈戰國時代的秦國銅器〉，《文物參考資料》1957年第8期，頁38。

〔註255〕黃盛璋：〈三晉兵器〉，頁32。

〔註256〕同上註。

6885 8407
九年我□令雍戈 13 字
（高望戈）
貞松　12.7
三代　20.11.1
秦漢金文錄　41

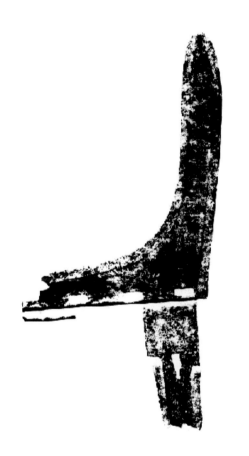

189　四年咎奴薯令□🔣戈（《邱集》8415、《嚴集》7541）

本戈銘云：「四年咎奴薯（曹）命（令）□🔣，工帀（師）🔣，治問」。第三字作「🔣」，與楚帛書「咎」字作「🔣」近，惟所從「人」形稍訛。第四字從爻、從寸，偏旁從寸、從又可通，此當釋爲「奴」。黃盛璋云：

> 古咎、高、皋同音，《史記集解》說：「咎音高」，又皋陶古或作咎繇，可證。所以咎奴就是高奴。秦高奴屬上郡，秦惠文王魏納上郡十五縣與秦，秦上郡既來自魏，所以咎奴就是高奴。……秦兵器中高奴不作咎奴，如廿五年上郡戈銘中「高奴工師」，那高奴應是魏國的寫法，此戈應是入秦以前所造。〔註257〕

秦銘「高奴」之「高」，皆如其字，不假「咎」爲之，如1964年陝西西安出土之「三年漆工䣄銅權」，〔註258〕1979年陝西銅川發現之「高奴簋」〔註259〕均如是。本戈「令、工師、冶」之辭例，見於三晉而不見於秦。「四」字作積畫形，「年」字首端方折，「工師」合文，皆合於三晉文字特徵（詳例176「四年邘令䣄戈」），用知本戈屬魏、不屬秦。「令」之前一字作「🔣」，黃盛璋釋爲「曹」，謂此與甲骨文「茜」字作「🔣」（《後》2.22.13）所從基本一致，而「曹」、「酉」古音同部、偏旁從曹、從酉習見互作之例，如《說文》：「糟、從米、𪏽聲。𪏽，籀文從酉。」《周禮·酒正》注：「糟音聲與莤相似」《儀禮·士冠禮》：「重醴清糟」，《釋文》：「糟，劉本作莤」，皆戈銘此字釋「曹」之證。雲夢秦簡載「發書移書曹」、「居曹奏今丞」，「書曹」指職官，「居曹」指職官辦事之所。戈銘「曹令」，爲一曹之長，位次縣令之下，約當於韓之司寇。〔註260〕

〔註257〕黃盛璋：〈三晉兵器〉，頁31。

〔註258〕陝西省博物館：〈西安市西郊高窰村出土秦高奴銅石權〉，《文物》1964年第9期，頁42-45。

〔註259〕盧建國：〈陝西銅川發現戰國銅器〉，《文物》1985年第5期，頁44-45。

〔註260〕黃盛璋：〈試論戰國秦漢銘刻中從「酉」諸奇字及其相關問題〉，《古文字研究》第十輯，頁238。

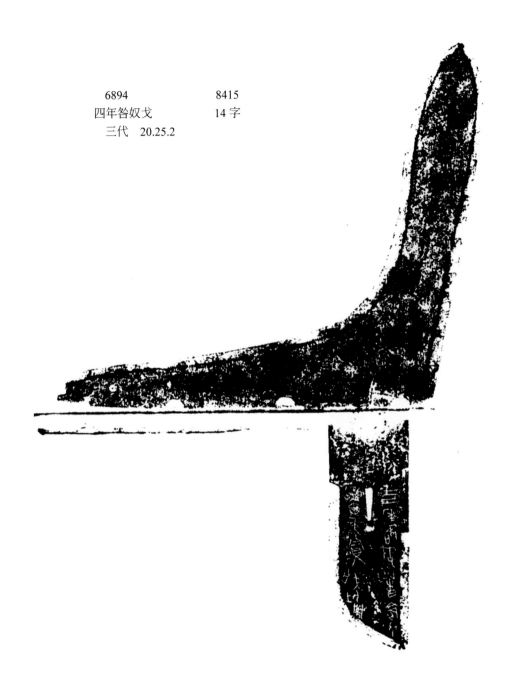

6894 　　　　　8415
四年咎奴戈　　　14 字
　三代　20.25.2

190　廿九年高都令陳愈戈（《邱集》8405、《嚴集》7531）

本戈銘文刻於援本至胡末，云：「廿九年高都命（令）陳愈、工帀（師）$\overline{\Psi}$、
冶無」。《錄遺》596「廿九年高都令劍」（《邱集》8640；附圖 190：1），與本戈
同銘，而拓本清晰，可參照。戈銘、劍銘「都」字構形已近隸書，因知其時代
約當戰國末期。三晉「冶」字多從刀或從刃，本戈（劍）則從斤作「$\overline{\text{斦}}$」，從
刀、從刃、從斤事類相近可通，惟他器未見此體。黃盛璋謂韓、魏皆有高都，

韓之高都原爲周與韓者，嗣後復歸於周，屬周時長，屬韓時短，故本戈（劍）爲韓器之可能較小。魏高都見《史記・秦本紀》：「莊襄王三年蒙驁攻魏高都、汲，拔之。」，《集解》引《括地志》云：「高都故城，今澤州是。」漢爲高都縣，故城即今山西晉城北之高都鎮。秦莊襄王三年當魏安釐王三十年，即公元前247年，戈銘「廿九年」即爲此時。〔註261〕

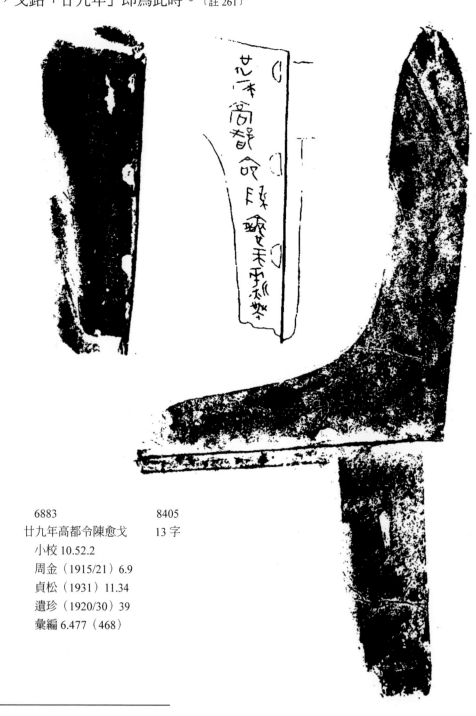

6883 　　　　　　　　　8405
廿九年高都令陳愈戈　　13字
　小校 10.52.2
　周金（1915/21）6.9
　貞松（1931）11.34
　遺珍（1920/30）39
　彙編 6.477（468）

〔註261〕黃盛璋：〈三晉兵器〉，頁34。

附圖 190：1

7080　　　　　　　　8640
廿九年高都令劍　　　11 字
錄遺　596

191　秦子戈（《邱集》8421、《嚴集》7545）

本戈胡部銘文云：「秦子乍蹐（造）公族元用，左右市□用逸宜。」《三代》20.40.3 著錄一「秦子矛」（《邱集》8554；附圖 191：1），與本戈同銘，可參照。

「秦子」爲命造本戈之人，未書名。陳平謂戈銘「秦子」殆即秦文公之太子靜公，其立論根據有二：其一、本戈形制與甘肅靈台景家莊出土銅戈相近，時代約當春秋早期偏早至春秋早、中期之交。〔註262〕其二、本銘之秦子有權命造兵器授予「公族元用」，用知此人時望必隆，而春秋早、中期秦諸子中，非靜公莫當此譽。〔註263〕王輝則謂「秦子」之「子」，當係「諸侯在喪稱子」之意，本銘之秦子指初即位之幼君，而春秋早期幼年即位者，以出子最具可能。〔註264〕惟所謂「望高權重」或「年幼即位」，皆難免涉及主觀，是以本銘「秦子」究係何人，尚難確證。然陳平謂本戈之年代約當春秋早、中期，此說出於考古標本比對，理當可從。

戈銘「乍造」連用，爲同義複詞。「公族」見《左傳・文公七年》：「公族，公室之枝葉也。」「元用」兵器銘文習見，元者，善也；用者，器用之謂也。戈銘「市」、矛銘「市」，當係同一字，陳平釋作「蔽市」之「市」，王輝釋作「帀（師）」。「帀（師）」字金文習見，作「帀」形，中豎畫不踰出上橫畫，兩斜畫爲直筆，不爲曲筆，與秦子戈、矛銘文迥殊。此銘與小篆「市」字略近，陳釋較長。「市」下一字，戈銘蝕泐難辨，矛銘左似从魚，右旁亦泐。

銘末「宜」字，諸說紛紜，李學勤謂乃本戈置用所在地之名，〔註265〕李零謂乃類似族名之特殊標識字，〔註266〕陳平謂乃祭名。案：秦戈習於原銘另一面加刻置用處地名，因兩面銘文非出於同一書手，是以字體多有顯著差別。而本

〔註262〕陳平：〈試論春秋型秦兵的年代及有關問題〉，《考古與文物》1986 年第 5 期，頁84。

〔註263〕陳平：〈秦子戈、矛考〉，《考古與文物》1986 年第 2 期，頁 65-69。

〔註264〕王輝：〈關於秦子戈、矛的幾個問題〉，《考古與文物》1986 年第 6 期，頁 80-82，91。

〔註265〕李學勤：〈戰國時代的秦國銅器〉，《文物參考資料》1957 年第 8 期，頁 38。

〔註266〕李零：〈春秋秦器試探——新出秦公鐘，鎛銘與過去著錄秦公鐘、簋銘的對讀〉，《考古》1979 年第 6 期，頁 521。

銘「宜」字則迸接上文，字體一致，顯非出於他人加刻。族徽之說，亦未允洽，蓋族徽文字商代金文習見，西周猶存此制，至春秋則已罕見。祭名之說，亦有可商，蓋銘末綴一祭名，頗覺不辭。筆者疑戈、矛銘末「宜」字，當與「用逸」連讀。「用逸宜」即「用逸用宜」，與彝銘之「用征用行」性質類似。逸，樂也。宜，儀也。秦子戈、矛之用，蓋秦子田獵巡狩同行公族所執之儀仗器。

6898　　　　　　8421
秦子戈　　　　　15 字
　擢古　二之二，35
　奇觚　10.28
　周金　6.4 後
　韡華　癸四
　簠齋　四古兵器
　小校　10.56.2
　三代　19.53.3

附圖 191：1

7015　　　　　　8554
秦子矛　　　　　存 13 字
貞松　12.17
三代　20.40.3-3

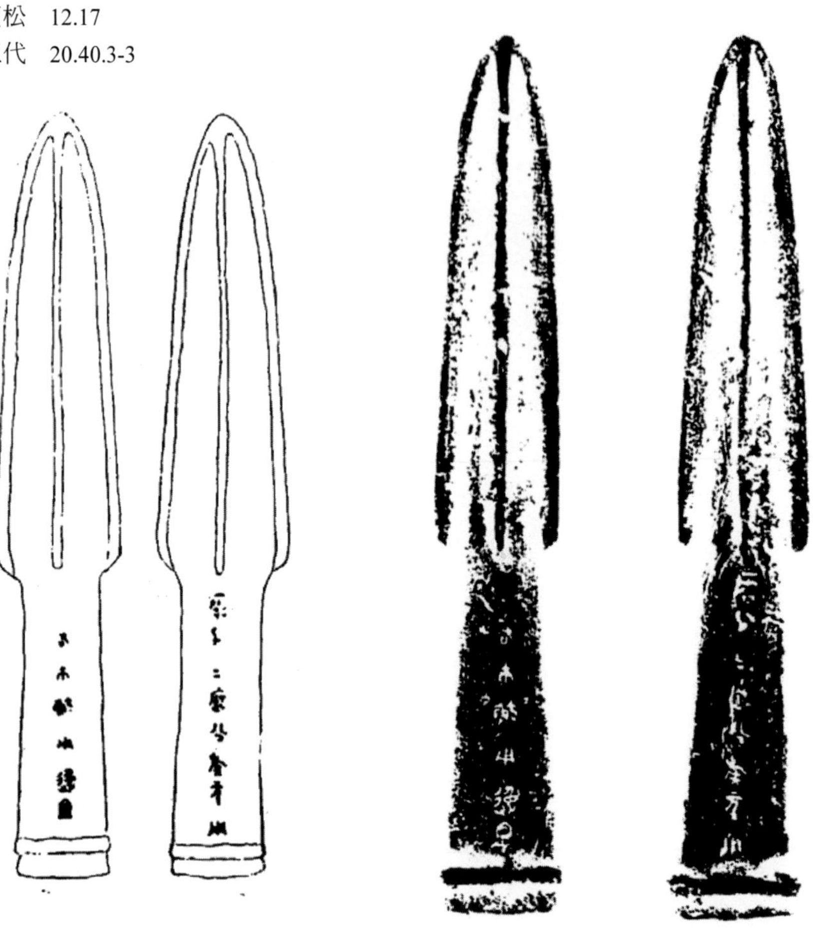

192　大良造鞅戟（《邱集》8485、《嚴集》7593）

193　大良造鞅戟（《邱集》8486、《嚴集》8486）

　　例 192 側闌呈寬帶狀，其上有三穿，與習見穿在闌側胡上之制殊異。類似形制亦見於例 194「四年相邦樛斿戈」、及陝西鳳翔高莊第 10 號墓所出編號 M10：33 銅戈。〔註267〕上述三戈皆爲秦器，此或爲秦戈特有形制。例 193 現藏

─────────────

〔註267〕吳鎮烽、尚志儒：〈陝西鳳翔高莊秦墓地發掘簡報〉，《考古與文物》1981 年第 1 期，頁 29。

上海博物館，銘拓未見刊布，惟就《中國古代青銅器》一書所附照片以觀，與例192形制酷似，疑爲同一器，蓋未聞近年有大良造鞅戟出土。

　　例192銘爲陽文，分鑄於戈胡兩面，正面由胡末向援本逆書，復由背面援本下行至胡末，銘云：「☐年大良造／鞅之造戟」。「大良造」爲秦爵，據《史記・秦本紀》載，商鞅於秦孝公十至二十四年（公元前352－338年）任此職，此即本戈之絕對年代。

6959　　　　　　　8485
大良造鞅戟（一）　　8字
　貞松　12.6
　秦金文錄　41
　三代　20.21.1-2

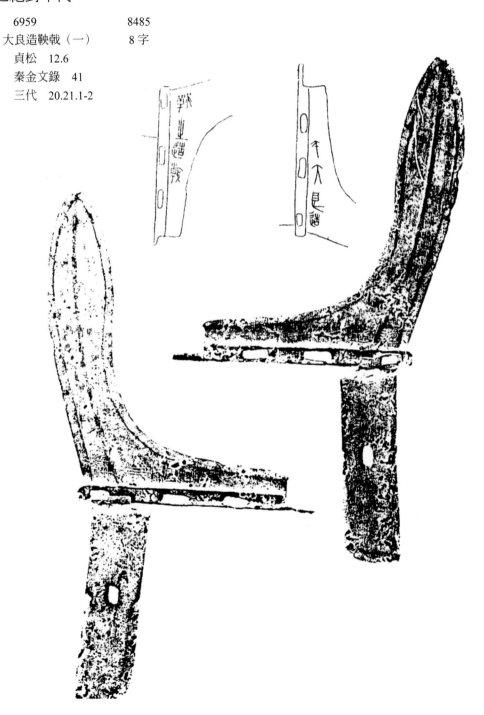

194 四年相邦樛斿戈（《邱集》8417、《嚴集》7543）

本戈內末正面銘云：「四年相邦樛斿之造櫟陽工上造間」，背面銘一「吾」字。相邦樛斿，史籍未載，李學勤云：

> 查孝公以下秦王，孝文王和莊襄王沒有四年，武王、昭王和始皇帝的四年所相都不合，只有惠文王前後兩個四年所相史籍失載，這件戈應當是鑄於這兩年內的一年。〔註268〕

本戈之年代，亦可由器形與銘文行款推知。援、胡之穿一般位於闌側，本戈則位於側闌之上，與例193「大良造鞅戟」同。秦昭王、始皇時所造戈，銘文皆由內穿向後緣直書（詳下文），而本戈行款與之相反。前述「大良造鞅戟」銘文行款，亦與昭王、始皇諸器迥殊，殆昭王以前戈銘行款猶無定式。據器形與銘文行款以觀，本戈時代當早於昭王，而與「大良造鞅戟」相當。商鞅任大良造，在秦孝公十至二十四年（公元前352-338年），此時商鞅但稱大良造，而未稱相邦，疑孝公時秦猶未置相邦。孝公至昭王之間，有惠文王與武王。武王四年之相為樗里疾、甘茂，與本銘不合。惠文王前、後元四年之相（公元前334年或321年），史籍未載，李學勤以本戈造於此二年中，其說可從。「櫟陽」為秦之故都，依秦戈銘文辭例，此即本戈鑄地所在。「工上造」為秦工官職稱，亦見於西安近郊出土之「廿一年寺工獻車軎」。〔註269〕戈銘「工」字，羅福頤釋為「上」（《代釋》4696），李學勤釋為「士」，今據車軎銘文可正。背銘「吾」字，李學勤謂乃本戈置用處之地名，可從。

〔註268〕李學勤：〈戰國時代的秦國銅器〉，《文物參考資料》1957年第8期，頁39。

〔註269〕陝西省博物館：〈介紹陝西省博物館收藏的幾件戰國時期的秦器〉，《文物》1966年第1期，頁8。

6896 8417

四年相邦樛斿戈 14字

貞松 12.9

劍吉 下31

三代 20.26.2-27.1

195 十三年相邦義戈（《邱集》8447、《嚴集》7566）

本戈內末刻銘：「十三年相邦義之造，咸陽工帀（師）田，工大人耆，工「穨」。」李學勤謂「相邦義」即相邦張儀，〔註270〕「義」、「儀」為古今字，如《左傳‧昭公六年》：「徐儀楚聘於楚」，而徐王義楚鍴：「徐王義楚擇余吉金自乍祭鍴」，此即金文作「義」而文獻作「儀」之證，是以李說可從。張儀三度拜相，一在惠文王前元十年至後元二年（公元前 328-325 年），一在惠文王後元八年至十一年（公元前 317-314 年），一在惠文王後元十三年至武王二年（公元前 312-310 年），戈銘「十三年」，即惠文王前元或後元十三年。「工大人耆工穨」，李學勤釋讀為「工大人耆，工檀」，陳邦懷釋讀為「工，大人耆工頹」。陳云：

> 「大人耆工」，猶今言有經驗之老工人也。《說文解字》老部：「耆，老也。」亦其明證。「頹」是「大人耆工」之名。或問：「大人耆工頹」句上何以又有「工」字，不嫌重複乎？余曰：大人耆工，為工人之稱號，上句「工」字與「工師」皆係物勒工名時標誌工級之區別，故不嫌重複。〔註271〕

「工大人」亦見於廿九年漆巵，巵銘：「廿九年，大（太）后□告（造），吏丞向，右工帀（師）象，工大人臺。」〔註 272〕「工大人」位次於工師後，為秦工官職稱，殆略當於三晉之「冶尹」。

6923　　　　　　8447
十三年相邦義戈　　19 字
　錄遺　584
　文物　1964.2.48-50 頁

〔註270〕李學勤：〈戰國時代的秦國銅器〉，《文物參考資料》1957 年第 8 期，頁 39。

〔註271〕陳邦懷：〈金文叢考三則〉，《文物》1964 年第 2 期，頁 49-50。

〔註272〕李學勤：〈論美澳收藏的幾件商周文物〉，《文物》1979 年第 12 期，頁 76。

196　六年上郡守疾戈（《邱集》8391、《嚴集》7517）

本戈內末兩面皆有銘文，正面銘云：「王六年上郡守疾之造□禮」，背銘未見刊布。〔註273〕魏文侯時初置上郡，以與戎界。公元前 328 年，魏獻上郡十五縣於秦。公元前 321 年，魏盡獻上郡地於秦。公元前 304 年，秦初置上郡，郡治膚施。〔註274〕是以本戈之國屬，或魏或秦，俱有可能。惟據銘文辭例，即可斷為秦器，蓋三晉兵器不以郡守為監造者，〔註275〕亦不於監造者名字下逕接「造」字。就字體言，「造」字從辵，為秦國文字特徵，三晉未見（詳〈研究篇〉第四章「釋造」），此亦本戈為秦器之證。秦置上郡，始自昭王三年，至秦亡為止。秦王在位六年以上者，唯昭王與秦始皇二人。戈銘「上郡守疾」，其人文獻無徵，故本戈之年代，或昭王、或始皇，俱有可能，李學勤初猶二說並存，〔註276〕後乃逕斷為始皇器，〔註277〕惟此說當否？猶待商榷。

依秦戈銘文辭例，於督造者名後多接以「之造」或「造」，二者出現之年代不同，早期作「之造」，晚期省作「造」。茲將銘有「造」或「之造」之秦戈，按年代先後列為一表：

器　　　號	紀　　　年	器　　　名	辭　　　例
192	前 361－338 年	大良造鞅戟	之造
194	前 334 或 321 年	四年相邦樛斿戈	之造
195	前 325 或 312 年	十三年相邦義戈	之造
196	前 301 或 241 年	六年上郡守疾戈	之造
197	前 293 年	十四年相邦冉戈	造
198	前 292-291 年	丞相觸戈	造
199	前 276 年	卅一年相邦冉戈	造
202	前 247 或 244 年	三年上郡守戈	造
204	前 242 年	五年相邦呂不韋戈	造
205	前 239 年	八年相邦呂不韋戈	造

〔註273〕李泰棻謂本戈背面內末猶有數字，惟均不識（癡盦 61）。梁上椿之釋文則為「□□」，意即有兩字，而皆未識（《嚴窟》下 58）。

〔註274〕楊寬：增訂本《戰國史》，附錄一〈戰國郡表〉，頁 642、646。

〔註275〕黃盛璋：〈三晉兵器〉，頁 37-38。

〔註276〕李學勤：〈戰國時代的秦國銅器〉，《文物參考資料》1957 年第 8 期，頁 40。

〔註277〕李學勤：〈秦國文物的新認識〉，《文物》1980 年第 9 期，頁 30。

206	前 235 年	十二年上郡守壽戈	造
208	前 225 年	廿二年臨汾守曋戈	造
209	前 222 年	廿五年上郡守戈	造
210	前 221 年	廿六年□栖守戈	造
211	前 221 年	廿六年蜀守武戈	造

據上表可知，秦銘「之造」省作「造」之年代，約當惠文王十三年至昭王十四年之間（公元前 325 至 293 年）。昭王十四年以降，秦戈銘文即未見「之造」一詞。本戈銘文有「之造」一詞，用知此爲昭王六年所造。

6870　　　　　　8391
六年上郡守戈　　11 字
　痴盦　61
　巖窟　下 58
　陝西出土

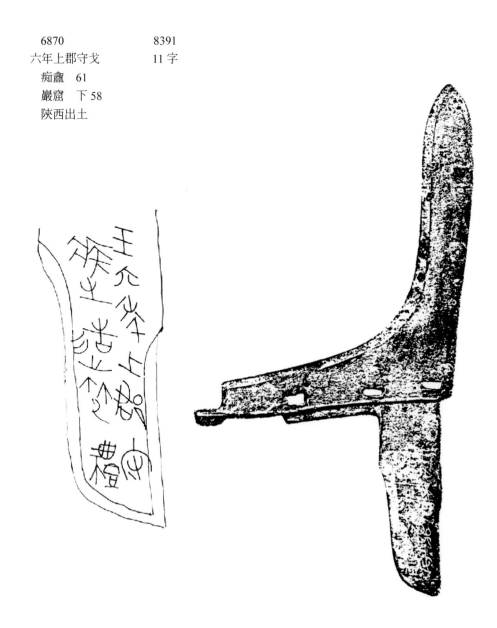

197 十四年相邦冉戈（《邱集》8403、《嚴集》7529）

本戈初載於《劍古》上 49，胡末略殘，銘在內末，李學勤釋云：「十四年，相邦冉造，樂工帀（師），工禺。」〔註 278〕案：第三行「工」字上猶有一字，為工師之私名，惟銘刻極細，筆畫難辨。「工師」二字不合書，為秦與三晉相異之處。「樂」為地名，即本戈之鑄造地。李學勤謂「相邦冉」即魏冉，其任相職於昭王時，故戈銘之紀年為秦昭王十四年，即公元前 293 年。〔註 279〕

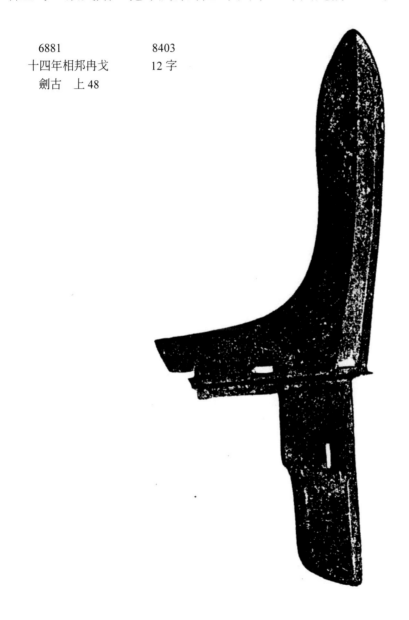

6881
十四年相邦冉戈
劍古　上 48

8403
12 字

〔註 278〕李學勤：〈戰國時代的秦國銅器〉，《文物參考資料》1957 年第 8 期，頁 39。

〔註 279〕同上註。

198　丞相觸戈（《邱集》8382、《嚴集》7509）

　　本戈僅存殘內，銘文首端數字殘闕，羅振玉釋爲「年丞相造成市葉工。武。」（《貞續》下 22.2），「市」當爲「帀（師）」字殘文，此據秦戈辭例可正。「造」下之字當釋爲「咸」，秦公鎛「咸」字即作此體。「咸」、「師」二字不可連續，其間當有闕文，李學勤補爲「咸陽工師」，文通辭順。〔註280〕今比對例 195 銘文云：「十三年，相邦義（儀）之造，咸陽工帀（師）田，工大人耆，工欜。」二者辭例相近，用知李說可從。戈銘「丞相觸」，陳邦懷謂即秦昭王時代魏冉爲相之壽燭。〔註281〕「觸」與「燭」韻同聲近，或借「燭」爲「觸」；或因字形相近，訛「角」旁爲「火」旁。《史記・穰侯傳》載秦昭王十五年：「魏冉謝病免相，以客卿壽燭爲相。其明年，燭免，復相冉。」壽燭爲相在秦昭王十五至十六年（公元前 292-291 年），戈銘鑴刻當在此時。

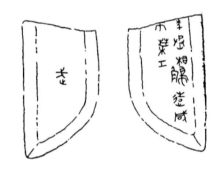

6862
丞相觸戈
貞續　下 22.2

8382
存 10 字

199　卅一年相邦冉戈（《邱集》8414、《嚴集》7540）

　　本文銘文刻於內末兩面，正面銘云：「卅一年，相邦冉造，雛工帀（師）葉」。背面銘文三字，一爲「雛」字，另爲「壞德」二字。前者刻劃較深，且運筆圓潤，與正面「雛」字筆意相近，殆同時所刻。後者刻劃細淺，運筆方折，疑非同時所刻。秦國兵器題銘，習於一面刻鑄造地名與各級職工名；另面單刻置用地名，而無上下文。〔註282〕因疑本戈鑄成於「雛」，初亦留置當地，後轉交「壞德」使用。「相邦冉」即魏冉，秦昭王時爲相。昭王三十一年，即公元前 276

〔註280〕李學勤：〈戰國時代的秦國銅器〉，《文物參考資料》1957 年第 8 期，頁 39。

〔註281〕陳邦懷：〈金文叢考三則〉，《文物》1964 年第 2 期，頁 50。

〔註282〕李學勤：〈戰國時代的秦國銅器〉，《文物參考資料》1957 年第 8 期，頁 38。

年。「造」字从辵，「工帀」不合文，皆爲秦國文字特徵。「工師葉」亦見於例198「丞相觸戈」，其時代爲秦昭王十五或十六年，與本戈僅隔十餘年，惟例198之鑄造地爲「咸陽」，與本戈非同一地所造，故二銘之「工師葉」，或爲二人，或由咸陽調派（遷居）至雍，疑莫能定。

6893　　　　　　8414
卅一年相邦冉戈　　14字
　劍吉　下32
　小校　10.51
　三代　20.23.2-24.1

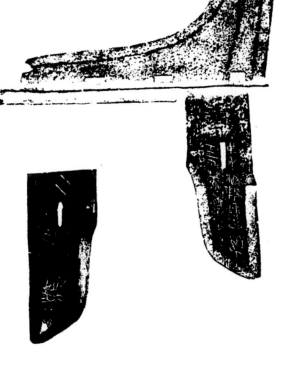

200　卅三年詔事戈（《邱集》8247）

此戈摹文初載於《彙編》867，原器現藏英國牛津大學亞士摩蘭博物館。戈內正面刻銘：「卅三年詔事」，背面刻一「邑」字，李學勤謂依秦戈辭例「邑」上當脫去一字，「□邑」爲該器置用處之地名。〔註283〕

「詔事」一詞，各家詮釋不一。茲先臚列迄今所見資料如下：

（1）五年相邦呂不韋戈（例204）

　　五年，相邦呂不韋造，詔事圖，丞戠，工寅。

　　詔事。屬邦。

（2）八年相邦呂不韋戈（例205）

　　八年，相邦呂不韋造，詔事圖，丞戠，工奭。

　　詔事。屬邦。

（3）三年詔事鼎（《文物》1982年第9期，第27頁）

　　三年，詔事。容一斗二升，朱侯（？）□官，十一斤十四兩，卌四。

「詔事」一詞，郭沫若隸定爲「詔吏」，謂五年相邦呂不韋戈之「詔吏圖」，蓋詔地之吏名圖者。〔註284〕李仲操考釋「八年相邦呂不韋戈」時云：

> 戈銘「詔事」二字，前人釋「詔使」是正確的。詔，《說文》謂「告也」。事、使二字古時通用。《廣韻》謂「事，使也」。《呂不韋列傳》有「可事詐腐」語，即以「事」爲「使」的一例。「詔事」用於兵器，又緊接「相邦呂不韋造」一句之後，其意應當是：奉詔使用。或爲：宣詔王命而使用的意思。……戈銘「圖丞戠工奭」。戠、奭爲人名，「圖丞」爲官名。這一官名史籍未見，它刻於戈上，應爲相邦下屬管理製造兵器之官。〔註285〕

李學勤則於考釋「卅三年詔事戈」時云：

> 由文例可知詔事爲秦王朝的一個機構，有鑄造兵器的職責，在秦王

〔註283〕李學勤：〈「中日歐美澳紐所見所拓所摹金文彙編」選釋〉，《古文字研究論文集》，頁48-49。

〔註284〕郭沫若：《金文叢考·上郡戈》，頁431。

〔註285〕李仲操：〈八年呂不韋戈考〉，《文物》1979年第12期，頁17。

政五年至八年時，其負責人（可能稱令或嗇夫）名圖、副手名戠。……
五年呂不韋戈附記屬邦，是該戈由詔事鑄成，交屬邦（漢代稱屬國）
使用。本戈鑄就後交某邑使用，故附記某邑地名。〔註286〕

　　上述三說中，李仲操之「奉詔使用」說，與秦戈辭例不合。「丞」爲工官名，
上郡守戈銘習見，地位次於工師，而略高於工。「丞」爲某一職級工官之統稱，
史籍與器銘均未見有「圖丞」等分工之專稱。「丞」字前亦未見冠以地名之例，
蓋其位卑自無詳載里籍之必要。故「圖」字當屬上讀，以「詔事圖」爲句。

　　「詔事」之上，爲督造者相邦之名，其下爲工師、丞、工等職工名，因知
「詔事」性質當與之相近，爲一特定官稱，不得訓爲「奉詔使用」，亦非泛指某
地官吏。郭沫若以「詔事」爲詔地官吏，其說待商，蓋詔地史籍無徵，且與並
列之官名性質不侔。李學勤謂「詔事」乃秦國冶鑄機構名，視前述二說爲長，
惟與相邦、工師等之性質似亦有別。茲舉例如下：

　　（4）十三年相邦義戈（例195）
　　　　十三年相邦義（儀）之造、咸陽工帀（師）田，工大人耆，工穆。

　　（5）三年相邦呂不韋戈〔註287〕
　　　　三年相邦呂不韋造，寺工詔，丞義，工寫。

　　（6）二年寺工䜌戈（例201）
　　　　二年寺工䜌，金（丞？）角。（正面）
　　　　寺工。（背面）

例（4）、（5）與上舉例（1）、（2）辭例相同，用知「詔事」、「工師」、「寺工」
性質相垺。「工師」爲百官之長，義見《禮記・月令》鄭《注》。「寺工」爲內庭
之官（詳例201），「詔事」之性質亦應相當。《漢舊儀》卷上載：

皆試以能，信，然後官之，第一科補西曹南閣祭酒，二科補議曹，
三科補四辭八奏，四科補賊決，其以詔使案事御史，爲駕一封，行
赦令，駕二封，皆特自奏事，各以所職，劾中二千石以下。

「事」、「使」二字古通（詳前引李仲操文），漢多承秦制，「詔事」即「詔使」，

〔註286〕同註283，李學勤文。
〔註287〕劉占城：〈秦俑坑出土的銅鈹〉，《文物》1982年第3期，頁12-13。

此官名之意殆爲「奉詔之使」，是乃君主之特命官。戈銘「詔事」次於「相邦」後，其位必遜於相邦。相邦代表中央政府行督造之責，惟其政務甚繁，勢難躬親，其事乃委之於寺工、詔事、工師。

6746／b　　　　8247
卅三年戈　　　　4 字
巴納　（1964）拓本
彙編　7.647.（867）

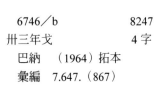

201　二年寺工聾戈（《邱集》8380、《嚴集》7507）

本戈僅存殘內，兩面皆有銘文，正面云：「二年寺工聾金角」，背面云：「寺工」。「寺工」一詞，秦國兵器銘文習見，如：

（1）三年相邦呂不韋戈〔註288〕

三年相邦呂不韋造。寺工詔，丞義、工寫。

（2）十七年寺工鮫劍（同上）

十七年寺工鮫，工寫。

（3）四年相邦呂不韋戈（例 203）

四年相邦呂不〔韋造〕，寺工聾、丞□。可。

（4）七年呂不韋戈〔註289〕

七年呂不韋造，寺工□□□。

（5）寺工矛（同上）

寺工。（同銘，兩件）

「丞」與「工」皆工官之職稱，「寺工」列於其前，亦當爲專司造器之官，且職

〔註288〕劉占城：〈秦俑坑出土的銅鈹〉，《文物》1982 年第 3 期，頁 12-13。

〔註289〕無戈：〈「寺工」小考〉，《人文雜志》1981 年第 3 期，頁 122。

級視前二者為高。「寺工」之職位，可由下列二器比較得知：

（6）廿七年上郡守趞戈〔註290〕

廿七年上郡守趞造，漆工師逪，丞掫，工隸臣積。

（7）五年相邦呂不韋戈（例204）

五年相邦呂不韋造，詔事圖，丞瞉，工寅。

陳平據上舉二例，推論「寺工」之職位云：

> 秦兵器銘文中之「詔事」與「寺工」如此相像，兩者不但同為史書
> 所無，而且它們在秦兵銘文中的位置、鑄刻情況也都相同。這表明
> 「寺工」與「詔事」，在秦的地位、職能應都與同在「丞」前的工帀
> （師）相仿，是負責主造兵器的官署或官名。〔註291〕

黃盛璋云：

> 1981年5月漢武帝茂陵東側一號無名塚從葬坑中出大批西漢銅器，
> 其中有一竹節銅薰爐，蓋銘有「内者未央尚臥，金黃涂竹節薰爐一
> 具，……四年内官造，五年十月輸……」，座銘作「四年寺工造」（《文
> 物》1982年9期），其餘文字同，足證寺工爲内官。而所造又爲未
> 央皇室用器，此時寺工必屬少府，漢制承秦，秦寺工亦必屬少府。……
> 近見陳平同志〈「寺工小考」補議〉引據上述材料認爲「最初的寺是
> 王之掖庭内宮」其說甚是。〔註292〕

本銘「寺工罍」，亦見於上舉例（1）「四年相邦呂不韋戈」。呂不韋任相邦於秦
始皇在位時，故本銘「二年」即秦始皇二年。銘末「金角」，辭意不詳，疑「金」
乃「丞」（四年相邦呂不韋戈「丞」字）之誤摹，原銘或作「丞角」，「角」為
丞之名。

〔註290〕張政烺：〈秦漢刑徒雜考〉，《北京大學學報》1958年第3期，頁180。

〔註291〕陳平：〈「寺工小考」補議〉，《人文雜志》1983年第1期，頁122。

〔註292〕黃盛璋：〈寺工新考〉，《考古》1983年第9期，頁833。

6860　　　　　　　　8380
二年寺工䗪戈　　　　9字
陶齋　5.37
周金　6.11.1

 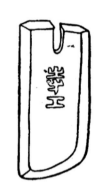

202　三年上郡守□戈（《邱集》8404、《嚴集》7530）

　　本戈內末刻銘三行，李學勤釋云：「三年，上郡守□造，漆工師……。」〔註293〕王愼行釋云：「三年，上郡守□造，漆工師□，丞□，工城旦□。」〔註294〕案：「師」、「丞」二字銘拓不清。「城」字不从土，假「成」爲之。秦昭王三年始置上郡（參例196「六年上郡守疾戈」），故戈銘之紀年屬昭王，或莊襄王，或始皇帝，皆有可能。惟以字體辨之，「漆」字作「䗪」、「守」字作「守」，已屬隸書，昭王諸器未見此體，故以屬莊襄王（公元前247年）或始皇帝（公元前244年）之可能爲大。「漆」爲地名，殆即《漢書・地理志》所載之「漆垣」，新莽時名曰「漆墻」，位今陝西葭縣境內。「城旦」爲秦刑徒之稱，睡虎地秦簡習見。《漢舊儀》：「凡有罪，男髡鉗爲城旦。城旦者，治城也。」《漢書・惠帝紀》引應邵《注》云：「城旦者，旦起行治城。」迄今所知，秦以罪犯刑徒充任冶鑄兵器之工匠者，計有城旦、鬼薪、隸臣三類。〔註295〕

〔註293〕李學勤：〈戰國時代的秦國銅器〉，《文物參考資料》1957年第8期，頁40。

〔註294〕王愼行：〈從兵器銘刻看戰國時代秦之冶鑄手工業〉，《人文雜誌》1985年第5期，頁77。

〔註295〕張政烺：〈秦漢刑徒雜考〉，《北京大學學報》1958年第3期，頁180。

6882　　　　　　　8404
三年上郡守戈　　　存 13 字
　　文物參考資料　1957.8.40 頁
　　錄遺　583
　　北京大學學報　1958.3.18 頁

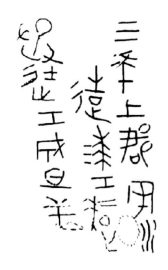

203　四年相邦呂不韋戈（《邱集》8392、《嚴集》7518）

本戈 1957 年湖南長沙左家塘秦墓出土，內末兩面均有刻銘，發掘報告執筆人張中一釋爲「四年相邦呂工寺工龍承。可」〔註296〕李學勤斷讀爲「四年，相邦呂，工寺工龍承。可」，云：

> 「相邦呂」應即呂不韋。呂不韋省稱「呂」，和「相邦義」（張儀）、
>
> 「相邦冉」（魏冉）等例不同，可能是表示呂不韋當時特殊隆崇的地
>
> 位，即所謂「不名」。〔註297〕

嗣後，李學勤得以目驗原器，因自訂其誤，改釋爲「四年，相邦呂不〔韋造〕，寺工詟，丞……。」〔註298〕參照例 204「五年相邦呂不韋戈」，知「呂」字下確當有「不韋造」三字。依秦戈辭例，「丞」字後當有丞之私名，其後尚有「工□」，爲實際作業之人。是以本戈正面銘文原貌，當爲「四年，相邦呂不韋造，工寺詟，丞□，工□。」

〔註296〕湖南省文物管理管理委員會：〈長沙左家塘秦代木槨墓清理簡報〉，《考古》1959
　　　　年第 9 期，頁 457。

〔註297〕李學勤：〈戰國題銘概述（下）〉，《文物》1959 年第 9 期，頁 61。

〔註298〕李學勤：〈補論戰國題銘的一些問題〉，《文物》1960 年第 7 期，頁 68。

　　呂不韋任相於莊襄王元年至始皇帝十年（公元前 249-237 年）。背銘「可」字，陳直云：

> 又戈上方有「可」字，當爲編次之號碼，漢五銖錢範題字，有「第一可」及「第四遂」字樣，此戈用「可」字編號，與錢範題字正同。
> 〔註299〕

錢範題銘「可」字當訓爲「箇」，二字聲近韻同，可通。惟「箇」字前必冠以「第一」、「第二」等序數，否則，即不成辭。戈銘僅一「可」字，斷非用爲器之編號。陳平疑戈銘「可」字爲「寺工」之誤摹，〔註300〕此殆據「二年寺工讋戈」（例 201）背銘亦爲「寺工」而言。惟「寺工」與「可」二者，字數不同，字體有別，實難致此誤。秦戈內末背面每見單銘一字之例，如「四年相邦樛斿戈」（例 194），背銘僅一「吾」字，此類銘文，李學勤謂乃該器置用處之地名，〔註301〕本銘「可」字當亦如是。

6871　　　　　　　8392
四年呂不韋戈　　存 11 字
文物　1958.10.73 頁
考古　1959.9.457 頁
圖二：1，圖三

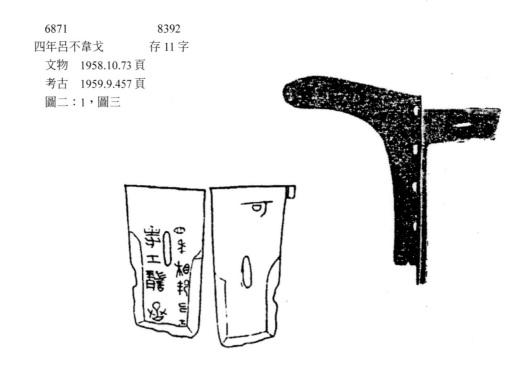

〔註299〕陳直：〈古器物文字叢考〉，《考古》1963 年第 2 期，頁 83。

〔註300〕陳平：〈「寺工小考」補議〉，《人文雜志》1983 年第 1 期，頁 122。

〔註301〕李學勤：〈戰國時代的秦國銅器〉，《文物參考資料》1957 年第 8 期，頁 40。

204　五年相邦呂不韋戈（《邱集》8445、《嚴集》7564）

205　八年相邦呂不韋戈（《邱集》8446、《嚴集》7565）

　　例 204 背面內末銘云：「五年相邦呂不韋造，詔事圖，丞戠，工寅。」，正面內末四字，一爲鑄款「詔事」，另一爲刻款「屬邦」。「事」字或釋爲「吏」，「事」、「吏」、「使」古爲一字。「詔事」一詞，郭沫若謂乃詔地之吏名圖者，李仲操訓爲「奉詔使用」，李學勤以爲冶鑄機構名，筆者以爲此即漢官「詔使」所本，爲君王之特命官，以佐相邦督造兵器，詳例 200「卅三年詔事戈」。「圖」爲詔事之名，「戠」爲丞名，「寅」爲工名。漢有典屬國，而本戈稱「屬邦」，蓋漢人避高祖諱而改（參例 207「十四年屬邦戈」）。「詔事」一詞，正、背兩面銘文複見，猶例 201「寺工」一詞正、背兩面銘文複見之例。例 205 銘文辭例同於前器，惟紀年與工名有別。

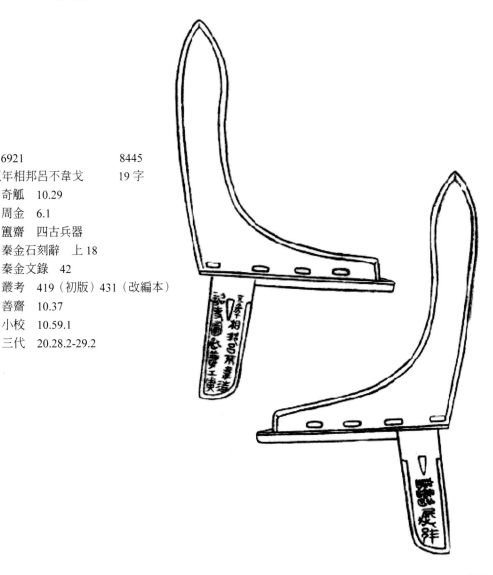

6921　　　　　　　　8445
五年相邦呂不韋戈　　19 字
　奇觚　10.29
　周金　6.1
　簠齋　四古兵器
　秦金石刻辭　上 18
　秦金文錄　42
　叢考　419（初版）431（改編本）
　善齋　10.37
　小校　10.59.1
　三代　20.28.2-29.2

6922　　　　　　　　8392
八年相邦呂不韋戈　　存 11 字
文物　1979.12.17 頁圖一

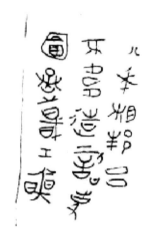

206 十二年上郡守壽戈（《邱集》8454）

本戈 1975 年內蒙古勿爾圖溝北上塔墓地出土，刻銘之字體、款式複雜。正面內末云：「十二年，上郡守壽造，漆垣工師 ⚔，工更長（張？）□」。背面內末有「洛都」二款，一款字體小而深，較近內穿，自右向左橫書；另一款字體大而淺，較近內後緣，自內穿向後緣豎書。戈胡兩面亦有銘刻數字，字跡不清，其中一面原報告釋出「廣衍」二字，各部位銘文字體、行款參差不齊，非一時一地所刻。

原報告執筆人崔璇云：

> 據我們辨認，此戈銘文至少是分三次刻劃的。鑄造時初刻「十二年，上郡守壽造，漆垣工師 ⚔，工更長犄」；傳到上郡屬縣洛都以後，加刻「洛都」大小兩款；「廣衍」二字是傳到當時的廣衍縣以後的第三次刻劃。「十二年」應為秦王政十二年，即秦始皇統一全國前十四年。〔註302〕

崔說大致合理，惟戈銘紀年何以定為秦王政十二年，未詳言其故。秦昭王三年（公元前 304 年）初置上郡，此後，唯昭王與始皇在位十二年以上。復由銘文字體辭例觀之，「師」字從𠂤，〔註303〕郡守之後僅銘「造」字不銘「之造」（詳例196），「漆」、「洛」二字所從水旁，作三點狀，與隸書同，凡此皆為戰國末期秦銘之特徵，據之，本戈年代可確定為始皇十二年（公元前 235 年）。

「漆垣」為上郡屬縣，即本戈鑄造地。三年上郡守戈（例202）及廿七年上郡守戈，「漆垣」皆稱「漆」。〔註304〕「工更」謂工之身分為更卒，秦制成年男子須戍邊服役，一月一輪，謂之更卒。「長（張）□」為工更之名，末一字拓本不清，崔璇釋「犄」，黃盛璋釋「倚」，〔註305〕姑並存之。

〔註302〕崔璇：〈秦漢廣衍故城及其附近的墓葬〉，《文物》1977 年第 5 期，頁 31。

〔註303〕參李學勤：〈戰國時代的秦國銅器〉，《文物參考資料》1957 年第 8 期，頁 40。

〔註304〕廿七年上郡守戈，見張政烺：〈秦漢刑徒雜考〉，《北京大學學報》1958 年第 3 期，頁 180。

〔註305〕黃盛璋：〈三晉兵器〉，頁 38。

6930   8454

十二年上郡守壽戈   21 字

文物 1977.5.圖版參：4.5.1，

    35 頁圖九，圖一二

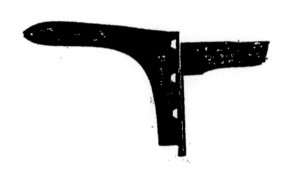

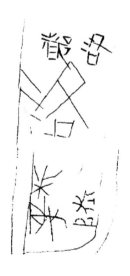

207　十四年屬邦戈（《邱集》8381、《嚴集》7508）

本戈 1962 年廣州東郊羅崗 4 號墓出土，內末刻銘：「十四年，屬邦，工□
戲、丞唔，□□」。〔註306〕「屬邦」一詞，二見於相邦呂不韋戈（例 204、205），
睡虎地秦簡亦曾見之。〔註307〕郭沫若云：

> 「屬邦」即屬國，相邦即相國，漢人避高祖諱，改邦爲國。《史記・
> 呂不韋傳》：「莊襄王元年以呂不韋爲丞相，封爲文信侯，食河南洛
> 陽十萬戶。……。」是呂不韋之屬邦在河南洛陽。〔註308〕

郭文以屬邦爲諸侯之食邑，可備一說。《史記・衛將軍驃騎傳》正義云：「以降
來之民徙置五郡，各依本國之俗而屬於漢，故言『屬國』也。」戈銘題記「屬
邦」，蓋以之交付屬邦使用。本銘之「戲」，與例 204、205 呂不韋戈之「戲」當
係一人。「戲」於始皇五年至八年，曾任造器之「丞」，於十四年蓋已升遷，故
其名改位於「丞」之前。「丞」下一字，爲丞之名。再下二字，依辭例，當係「工
□」，即實際造器之人。

```
6861                8381
十四年屬邦戈          存 9 字
    考古　1962.8 圖版柒：8-9，405 頁
    考古　1975.4，206 頁圖二
```

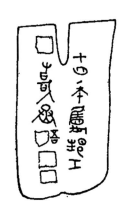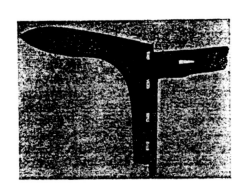

〔註306〕廣州市文物管理委員會：〈廣州東郊羅崗秦墓發掘簡報〉，《考古》1962 年第 8 期，
　　　　頁 205。

〔註307〕《睡虎地秦墓竹簡》，頁 174、384。

〔註308〕郭沫若：《金文叢考・上郡戈》，頁 431。

208　廿二年臨汾守暈戈（《邱集》8395、《嚴集》7521）

　　本戈 1976 年江西遂川縣出土，胡末微殘，闌側猶存三穿。內末刻銘二行，筆畫纖細草率，原報告釋云：「廿二年臨汾守暈庫係（？）工猷造」，並據器形與字體，斷爲秦始皇二十二年器，復謂「臨汾」即河東郡治，故戈銘「臨汾守」實即河東郡守，「暈」爲郡守名，「庫」爲武庫之省，「係」爲地名，「猷」爲工名。〔註 309〕

　　「係」字，裘錫圭釋爲「繫」。裘氏云：

> 「繫」就是《秦律》「居貲贖責（債）轂（繫）城旦舂者」、「人奴妾轂城旦舂」、「所弗問而久轂之」等律文裡的「轂」。這是秦的庫使用罪犯刑徒一類勞動力的確證。〔註 310〕

秦固有以刑徒罪犯轉服勞役之制度，見於戈銘者，如：

　　（1）廿七年，上〔郡〕守趞造，漆工師逤，丞抆，工隸臣積。

　　（2）卅（四十）年，上郡守趞（起）〔之造〕，圖工帀（師）耤，丞秦，〔工〕
　　　　隸臣庚。〔註 311〕

然其辭例與上引簡文有別。簡文「繫」字爲動詞，當訓作「拘繫」。繫城旦舂，意即強制服城旦舂之勞役。〔註 312〕以此意釋戈銘，實難通讀。

　　本銘「庫係」，或爲「□庫工師係」之省，蓋秦戈銘文辭例，於「郡守」（或相邦）之下，「工」之上，猶有「工師」一級。「庫」爲冶鑄機構名，「係」爲任職該機構者名。此猶「寺工豐」之例，「寺工」爲冶鑄機構，而「豐」殆爲該機構之長官（請參例 201「二年寺工豐戈」）。本銘字體頗近隸書，如「汾」字所從水旁作「彡」形，「庫」字上從「广」尤具斯意，昭王以前諸器未見此體，故原報告謂此爲始皇二十二年器，其說可從。

〔註 309〕江西省博物館等：〈記江西遂川出土的幾件秦代銅兵器〉，《考古》1978 年第 1 期，頁 65-67。

〔註 310〕裘錫圭：〈嗇夫初探〉，頁 308。本文收入《雲夢秦簡研究》，頁 273-372。

〔註 311〕張政烺：〈秦漢刑徒雜考〉，《北京大學學報》1958 年第 3 期，頁 180。

〔註 312〕參《睡虎地秦墓竹簡》，頁 163。

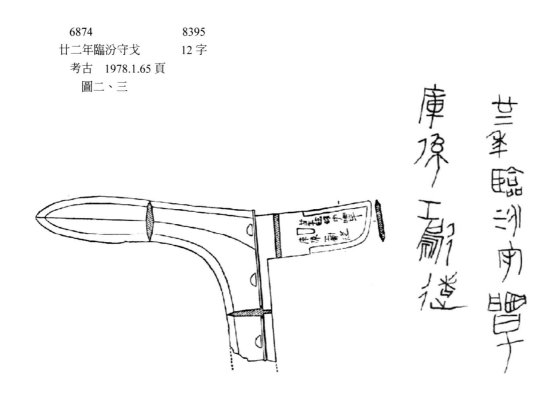

6874　　　　　　8395
廿二年臨汾守戈　　12字
　　考古　1978.1.65頁
　　圖二、三

209　廿五年上郡守戈（《邱集》8458）

　　本戈內末兩面均有刻銘，正面云：「廿五年，上郡守□造，高奴工師竈，丞申，工鬼薪咄。」據《水經注‧河水注》載，秦昭王三年（公元前304年）置上郡，自此年起，秦王在位二十五年以上者，唯昭王、始皇而已。李學勤據本銘「師」字作「師」、不作「帀」，乃戰國晚期秦銘特徵，定爲始皇二十五年器。〔註313〕「高奴」爲上郡屬縣，據《漢書‧地理志》載，位今陝西延川縣境。「鬼薪」爲秦漢時刑徒名，《史記‧秦始皇紀》，「盡得（嫪）毒等。……車裂以徇，滅其宗。及其舍人，輕者爲鬼薪。」《集解》引應劭：「取薪給宗廟爲鬼薪也。」秦以刑徒爲冶鑄工人。尙見於二十七年上郡守趞戈之「隸臣」，〔註314〕三年上郡守戈（例202）之「城旦」。

〔註313〕李學勤：〈戰國時代的秦國銅器〉，《文物參考資料》1957年第8期，頁40。

〔註314〕張政烺：〈秦漢刑徒雜考〉，《北京大學學報》1958年第3期，頁41。

　　本戈內末背面銘文之行款字體錯雜，李學勤初釋爲「上郡庫武都冶」，[註315]
嗣據十八年上郡武庫戈（例212），改釋爲「上郡武庫、冶都」。[註326] 案：李釋
爲「上郡」者，位於內穿與上緣之間，似僅有一「郡」字。「庫」字位於內穿與
下緣之間，適與「郡」字位置相對，字體皆方正，刻劃較深。「郡」、「庫」二字
當連讀，蓋「上郡武庫」之省。「武都」二字，由內穿向後緣橫寫，字淺而潦草，
此二字當自成一句。「冶」字已近後緣刃口，與「武都」二字略有間隔。本戈鑄
造地爲上郡，蓋鑄成後儲藏於當地之「郡庫」，嗣後撥文「武都」使用，故加刻
置用處之地名。

　　　　6934　　　　　　　　　8458
　　　　廿五年上郡守廟戈　　　25 字
　　　　叢考（改編本）418 頁
　　　　文物參考資料　1957.8.40 頁引
　　　　北京大學學報　1958.3.179 頁
　　　　周漢　55.1

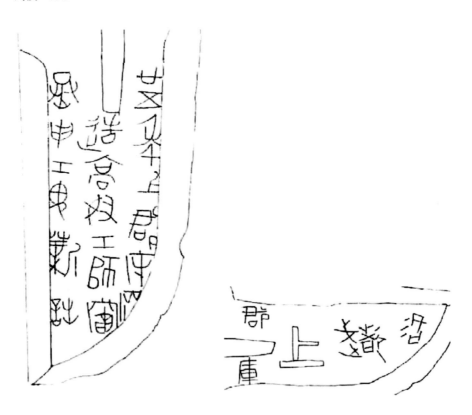

<hr />

[註315] 同註 313，李學勤文。

[註326] 李學勤：〈戰國題銘概述（下）〉，《文物》1959 年第 9 期，頁 61。

210　廿六年□栖守戈（《邱集》8432c）

本戈 1972 年陝西寶雞縣出土，內末兩面均有刻銘，字畫纖細如髮，摹文復縮影過甚，不易辨認。原報告釋云：「廿六年，弍（栽）相守邦之造，西工宰𨳊，工□。武庫」〔註 317〕李學勤目驗該器，改釋爲「廿六年，□栖守□告（造），西工宰𨳊，工□」，並云：

> 「□栖」，寶雞館同志指出應即隴西，極爲精當。下文的「西」即指隴西郡西縣。「工宰」，職名，從銘文中位置看，相當其他兵器銘文裏的工師。……銘文文例，較早的郡守名下作「之造」，較晚的作「造」。寶雞建河的隴西守戈只作「造」，應爲始皇二十六年（公元前 221 年）所鑄。〔註 318〕

秦戈銘文辭例，早期作「之造」，晚期省作「造」，非徒郡守所督造者如此，相邦所督造者亦然，詳例 196「六年上郡守疾戈」。

6908／c　　　　　　8432C
廿六年弍相守邦戈　　17 字
　文物　1980.9，94 頁圖一、二

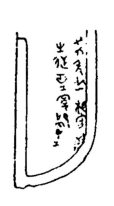
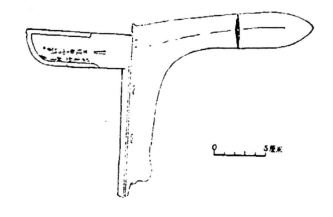

〔註317〕王紅武、吳大炎：〈陝西寶雞鳳閣嶺公社出土一批秦代文物〉，《文物》1980 年第 9 期，頁 94。

〔註318〕李學勤：〈秦國文物的新認識〉，《文物》1980 年第 9 期，頁 29-30。

211 廿六年蜀守武戈（《邱集》8424、《嚴集》7547）

本戈 1972 年四川涪陵小田溪第 3 號墓出土，編號 M3：13。內末刻銘三行，原報告釋云：

> 武，廿六年蜀月武造，東工師宦，丞業，工□。〔註319〕

《文物考古工作三十年》釋云：

> 武，二十六年皋月武造，東工師宦，丞業，工箆。（頁 352）

該書所釋戈銘「皋月」，饒宗頤謂乃《爾雅》所記之月名。〔註320〕于豪亮則釋云：

> 武　廿六年蜀守武造東工師宦丞業工癸。〔註321〕

童恩正、龔廷萬曾目驗原器，繪成摹文，並釋云：

> 武。廿六年蜀守武造。東工師宦，臣未，工□。〔註322〕

案：上引釋爲「蜀月」或「皋月」者，乃「蜀守」之誤。《說文》：「蜀，葵中蠶也。从虫，上目象蜀頭形，中象其身蜎蜎。詩曰：『蜎蜎者蜀』。」本戈作「﹝圖﹞」，上从目，下半稍泐，惟就殘文觀之，與班簋「蜀」字作「﹝圖﹞」，結體相似，可證確爲「蜀」字。戰國銅器多紀年不紀月，所見僅燕國有並紀年、月之例，詳例137「十三年正月戈」。原報告釋爲「月」者，乃「守」字之誤。例 208「廿二年臨汾守戈」守字作「﹝圖﹞」，例 202「三年上郡守戈」作「﹝圖﹞」，皆與本銘摹文形近可證。

戈銘「蜀守」，即蜀郡郡守之省，「武」乃其名。本銘之紀年，原報告謂乃秦昭王二十六年，王愼行從之。〔註323〕然秦銘工師之「師」，昭王之世及其以前均作「帀」，戰國末期始改作「師」，〔註324〕而本銘正作「師」，時代當在昭王之後。

〔註319〕四川省博物館：〈四川涪陵地區小田溪戰國土坑墓清理簡報〉，《文物》1974 年第 5 期，頁 68。

〔註320〕饒宗頤：〈從秦戈皋月談爾雅月名問題〉，《文物》1982 年第 12 期，頁 73-74。

〔註321〕于豪亮：〈四川涪陵的秦始皇二十六年銅戈〉，《考古》1976 年第 1 期，頁 22。

〔註322〕童恩正、龔廷萬：〈從四川兩件銅戈上之銘文看秦滅巴蜀後統一文字的進步措施〉，《文物》1976 年第 7 期，頁 84。

〔註323〕王愼行：〈從兵器銘刻看戰國時代秦之冶鑄手工業〉，《人文雜志》1985 年第 5 期，頁 78。

〔註324〕李學勤：〈戰國時代的秦國銅器〉，《文物參考資料》1957 年第 8 期，頁 40。

《華陽國志・蜀志》載，秦昭王二十二年（公元前285年）初置蜀郡，以張若爲郡守。《史記・秦本紀》載昭王三十年：「蜀守若伐取巫郡及江南」，因知昭王三十年以前蜀郡守仍爲張若，而非本戈銘之「蜀守武」。童恩正、龔廷萬即據之而云：

> 其晚於昭王時代甚爲明顯。戰國時代，秦王有廿六年者僅昭王和秦始皇二人，今此戈既晚於昭王，就只能定在秦始皇廿六年（公元前221年），即秦統一中國的那年了。〔註325〕

「東工師」一詞，于豪亮謂與「西工師」相對，爲專司製造兵器及用器之機構，裘錫圭從之。〔註326〕「丞」字從山作「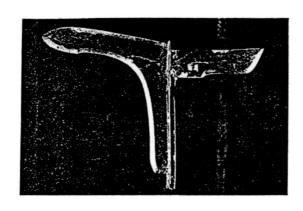」，爲秦銘之特徵。依秦戈辭例所見，「丞」之職位次於工師，而高於工。此字童、龔二人釋作「臣」，非是。工師名宦，而丞與工之名則不易辨識。

```
6901                    8424
廿六年蜀守武戈          16字
  文物  1974.5.74頁圖25-26
  78頁圖46
  考古  1976.1.22頁
  文物  1976.7，圖版捌：1，
  2，84頁圖3
```

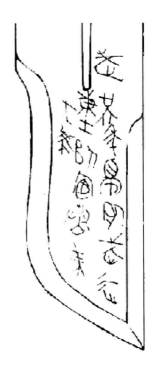

〔註325〕同註322，童恩正、龔廷萬文。

〔註326〕裘錫圭：〈嗇夫新探〉，頁309。此文收入《雲夢秦簡研究》，頁273-372。

212 十八年上郡武庫戈（《邱集》8270）
213 十八年上郡武庫戈（《邱集》8429）

例 212 著錄於《河北選集》145，1957 年易縣燕下都遺址內百福村南出土。闌側三穿，胡末平齊，內有鋒刃，援之前段已殘，內之兩面均有刻銘。例 213 見於李學勤〈戰國題銘概述（下）〉一文，惟該文未附此器之圖、拓，但云：「最近在易縣出土了一件殘戈，戈內兩面均有刻銘。」〔註327〕李文發表於 1959 年，與例 212 出土年代相近，且皆出於易縣，器俱殘損，刻銘亦均在戈內兩面，銘文內容復極類似，故筆者疑例 212、213 實同為一器。

例 212《河北選集》145 釋為：「十八年，柒（漆）工□□□丞臣□，工□。／上郡武庫。」李學勤、鄭紹宗考釋云：

戈兩面刻銘：

（正）十八年，柒（漆）工□□□，丞臣造，工正。

（背）上郡武庫。

此器文字凌亂，雜以擦痕，以致很難辨識。「漆」秦上郡屬縣漆垣之省。非發掘品四年呂不韋戈有「高工」，「高」係高奴之省，與此同例。上郡鑄器多記有上郡守名，西安高窰村出土銅權，銘云：「三年，漆工邼，丞詘造，工隸臣牟。」不記郡守，漆垣省去一字，與本戈最為相似。銅權「漆工邼」，是工官名，當即工師省稱。本戈第六字和第八字，細察實是同一個字，作「胊」。按《一切經音義》四引《說文》「囟」字古文或作「胊」，疑即此字。第五字尤為散亂，似為「舜」之譌，「舜」和「胊」是同韻部字、推想原銘應作「漆工胊」，因「胊」字冷僻，刻寫有誤，又改寫為「舜」，後又糾正，重刻「胊」字於第二行上端。這種改字的情況，在兵器銘文中不乏近似的例子，如果這一推測不誤，戈銘可校正為「十八年，漆工胊，丞臣造，工正。」，和上引銅權就相一致了。根據《水經·河水注》，秦昭王三年置上郡，此後只有昭王、始皇帝有十八年。本戈冶工名「正」，而始皇帝時諱「正」字，所以這件戈一定鑄於秦昭王十八年（公元前

289年）。在已知的上郡戈中，這是最早的一件。〔註328〕

例213 李學勤釋爲：「十八年，漆工里縱□隸臣，工正，上郡武庫。」復云：

> 從字體和「上郡」地名考察，此戈無疑是秦國所鑄。它在燕下都遺
> 址出土，和上郡守廟戈在朝鮮樂浪出土一樣，是秦軍進軍或駐屯時
> 所遺留。這也是一件上郡戈，但其銘格式和我們在前文中所曾論及
> 的五器都不相同。「𤇾」是私名，「隸臣」是他的刑徒身分。……「工
> 里縱□」應是職名，可能是管理其他刑徒之責的小頭目。……「上
> 郡武庫」即上郡地方的兵器庫。〔註329〕

例212 銘文是否確曾改刻，茲以原器照片未臻理想，摹文復難呈現改刻之貌，所
謂銘文改刻云云，暫難論斷。據校正後之銘文以觀，疑係略去相邦或工師等監造
者之名，而直接以工或工師領銜製造。惟如是辭例，秦國兵器銘文未之一見，李、
鄭二人據銅權銘文改易戈銘，此二類器物銘文性質是否一致，有待深入研究，姑
存其說如上。其次，戈銘正面末字，李、鄭文隸作「正」，復謂此犯秦始皇名諱，
而推斷本戈不晚至秦始皇時代，惟據該文摹文觀之，此字實不可識，《河北選集》
編者於此字亦闕而不釋，故此戈製造及刻銘之年代，猶難確知。

6763／d　　　　　8270
上郡武庫戈　　　4字
河北　145

〔註328〕李學勤、鄭紹宗：〈論河北近年出土的戰國有銘青銅器〉，《古文字研究》第七輯，
　　　　頁127-128。
〔註329〕同註327，李學勤文。

214　蜀西工戈（《邱集》8176、《嚴集》7342）

本戈長胡四穿，內三面有刃，與例 203「四年相邦呂不韋戈」形制極近，當亦屬戰國晚期器。銘在內末，舊皆釋爲「蜀亙」。〔註330〕近年長沙出土一戈，形制、銘文悉與本戈相同，周世榮釋爲「蜀西工」三字。〔註331〕據二戈銘拓以觀，實爲三字，周釋可從。漢器題銘屢見「蜀郡西工」、「蜀郡西工師」或「蜀西工」，如：

（1）鎏金銅斛施

建武二十一年蜀郡西工造〔註332〕

（2）永光十四年漆案

永光十四年，蜀郡西工師造，三丸行堅。〔註333〕

（3）漢二年酒銷（《漢金》4.3）

酒。二年，蜀西工長儋、令史俊得、嗇夫中章、佐廣成、工貞造。漢多承秦制，戈銘「蜀西工」即蜀郡西工之省。四川涪陵小田溪出土之「廿六年蜀守武戈」（例 211），銘文有「東工師」，適與本戈「蜀西工」相應，殆秦時蜀郡有東、西兩作坊。

〔註330〕如劉體智（《小校》10.15.1）、羅振玉（《三代》卷20〈目錄〉）、羅福頤（《代釋》4624），皆釋爲「蜀亙」二字。

〔註331〕周世榮：〈湖南出土戰國以前青銅器銘文考〉，《古文字研究》第十輯，頁271。

〔註332〕銘拓見《偉大的藝術傳統圖錄》，第二輯，圖版一二之 19，釋文據方詩銘：〈從出土文物看漢代「工官」的一些問題〉，《上海博物館刊》總第 2 期，頁 145。

〔註333〕梅原末治：《支那漢代紀年銘漆器圖說》，圖版四六。

6688　　　　　　　8176
蜀叟戈　　　　　　內 2 字
　夢郭　中 15
　小校　10.15.1
　三代　20.2.1

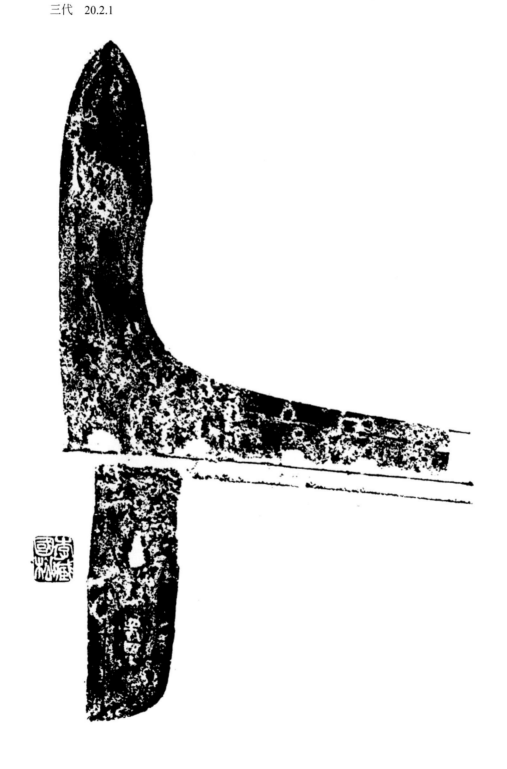

215 ▨▨王戈（《邱集》8220）

本戈 1954 年四川巴縣冬筍壩戰國墓出土，銘文三字，在內末，作「▨▨王」形。巴蜀兵器形制殊異，銘文字體更與漢字迥別，迄今無人能識。茲舉二家之說，以略窺梗概。如童恩正、龔廷萬云：

> 這兩件戈上的文字（源案：指 1973 年四川萬縣、郫縣先後發現之長胡戈），與歷史上已知的漢、蒙、西夏、契丹等文字迥異，是方塊字而非拼音字，是直行而非橫行。它與漢字一樣，應屬於表意文字的範圍。從這些文字已經脫離了原始的象形階段可以看出，它似乎已經有了相當長的發展歷史。由於它的基本偏旁結構和漢字有別，已見到的文字又不多，暫時還不能認識它的構成規律，無法釋讀。此種文字在川東和川西都有發現，可以證明它在戰國前期確曾流行於巴蜀境內。只是由於種種原因，其使用可能並不廣泛，所以至今發現甚爲稀少。……這種文字的使用，大約到了秦滅巴蜀以後即逐漸終止，這一點可以從涪陵小田溪三號墓出的戈上的銘文得到證明（源案：指「廿六年蜀守武戈」）。〔註 334〕

又如李學勤云：

> 被稱爲巴蜀文字的古文字，事實上包括兩種截然不同的文字。1960 年出版的《四川船棺葬發掘報告》已經指出，巴蜀文字有兩類，一類是「符號」，有的與銅兵器上的鑄文相同；另一類則是「似漢字而又非漢字」者。〔註 335〕

是以非獨戈銘前二字「▨▨」不可識，即令銘文最末一字與金文「王」字結體全同，亦難斷言即爲「王」字。

〔註 334〕童恩正、龔廷萬：〈從四川兩件銅戈上的銘文看秦滅巴蜀後統一文字的進步措施〉，《文物》1976 年第 9 期，頁 83-84。

〔註 335〕李學勤：〈論新都出土的蜀國青銅器〉，《文物》1952 年第 1 期，頁 41。

6720　　　　　　　　8220
王戈　　　　　3字
考古通訊　1958.1.圖版拾貳：6，7

216　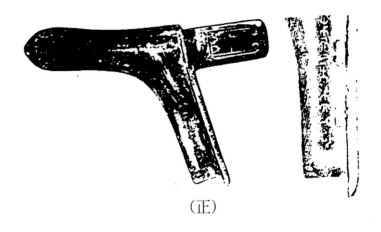戈（《邱集》8465）

　　本戈 1976 年四川郫縣船棺葬出土，戈胡兩面各銘一行。〔註336〕其字與漢字疑非同一系統，迄今無人能識，學者特命之曰「巴蜀文字」，詳例215「王戈」。

6939／b　　　　　8465
蜀戈　　　　　　銘一行
文物　1980.6，圖版式，1-2

（正）

〔註336〕郫縣文化館：〈四川郫縣發現戰國船棺葬〉，《考古》1980 年第 6 期，頁 560-561，圖版貳。

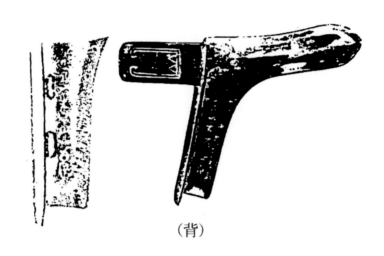

（背）

217　用戈（《邱集》8122、《嚴集》7299）

本戈內末下緣有一半心形缺口，胡部有一鳥書「用」字，疑爲「自乍用」之省。容庚云：「出于山西汾陽縣」（《頌續》128）汾陽，春秋時屬晉。〔註337〕鳥蟲書乃吳越等南方國家習用之美術書體，北方罕見；而本戈出於古晉地，豈鳥書之體亦行於北方各國耶？抑此乃吳、越等南方國家所造而流入晉國者耶？張頷云：

> 「用戈」也可能是晉國晚期受了南方國家影響後的作品，但也可能
>
> 根本不是晉國之器。〔註338〕

張說僅爲假設，未加論證，筆者略事補苴如下。「用戈」內下緣近末處，有一半心形缺口，類似形制考古發掘嘗有三例：其一、見於洛陽中州路2729號墓。其二、見於琉璃閣墓甲。其三、見於長沙楚墓55長政魏墓6號。前二處位居黃河流域，後一處位於楚境，用知此制楚亦有之。1964年容庚撰〈鳥書考〉一文，收錄春秋戰國之器凡四十之數，可辨識國別者，越國十五、吳國四、楚國二、蔡國四、宋國二，俱屬南方諸國，無一器可斷爲黃河流域諸國所造。〔註339〕其中，唯「王子玟戈」（例030）出土於山西萬榮縣，此地古亦屬晉，然是戈張頷已證爲吳器，是以「王子玟戈」之出，非徒未克證明晉國亦有鳥蟲書，反適足

〔註337〕《史記·晉世家》云：「誠得立，請遂封子於汾陽之邑。」《集解》引貫逵云：「汾，水名。汾陽，晉地也。」

〔註338〕張頷：〈萬榮出土錯金鳥書戈銘文考釋〉，《文物》1962年第4、5期，頁35-36。

〔註339〕容庚：〈鳥書考〉，《中山大學學報》1964年第1期。

為吳、越等國兵器曾流入晉國之實證。總之，筆者雖未敢斷言「用戈」決非晉造，然實傾向於南方諸國所造而流入晉國之假設。

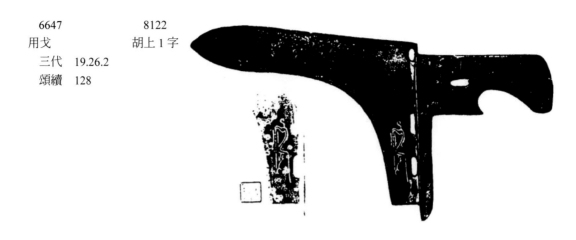

6647　　　　　　　8122
用戈　　　　　　　胡上1字
　三代　19.26.2
　頌續　128

218　戈（《邱集》8107、《嚴集》7280）

《孫目》6632 此戈條下，註曰：「胡上一字」，殆以銘文下半鳥形，僅為鳥蟲書之裝飾符號。沈寶春則釋為二字，就字體結構言，沈說較長，惟其疑上字當釋為「攻」，莫詳所據。〔註340〕上一字不識，右旁疑从「頁」，蔡侯盤「頌」字作「」，與本銘相近；左旁似从「之」。下字象鳥形，疑即「鳥」字。

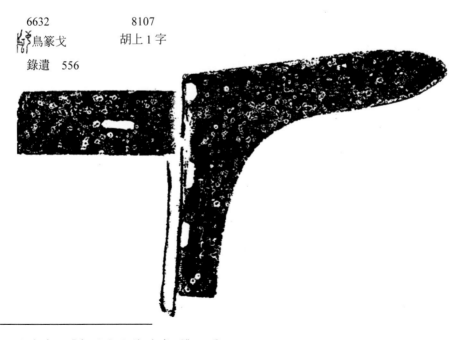

6632　　　　　　　8107
鳥篆戈　　　　　　胡上1字
　錄遺　556

〔註340〕沈寶春：《商周金文錄遺考釋》，頁845。

219　玄翏戈（《邱集》8158、《嚴集》7323）
220　玄鏐戈（《邱集》8174、《嚴集》7340）

　　上列二戈銘文，皆爲鳥書「玄翏（鏐）」二字。「玄翏（鏐）」一詞，銅器銘文習見，茲就筆者所見，摘錄其銘；臚列如次：

　　（1）郘公牼鐘（《大系》錄 213、考 190）〔註 341〕
　　　　竈公牼罨乓吉金，玄鏐膚（鑪）呂（鑢），自乍（作）龢鐘。

　　（2）邵鐘（《大系》錄 269，考 232）
　　　　余嘼夋武，乍（作）爲余鐘，玄鏐鏽鋁，大鐘八聿（律），其竈四臺（堵）。

　　（3）郘公華鐘（《大系》錄 216、考 191）
　　　　竈公華罨乓吉金，玄鏐赤鏽（鑪），用鼄（鑄）乓鬴鐘。

　　（4）叔夷鐘（《大系》錄 240－243、考 203）
　　　　箮武霝公易（錫）尸吉金鈇鎬，玄鏐鏽鋁，尸用攺（作）鸞（鑄）其寶鐘。

　　（5）少虡劍（《大系》錄 279、考 240）
　　　　吉日壬午，乍（作）爲元用，玄鏐鎛呂（鋁），薂余名之，胃（謂）之少虡。

　　（6）赦□戈（1964 年〈鳥書考〉頁 86，圖三〇）
　　　　赦□之用玄鏐。

　　（7）蔡□戈（1964 年〈鳥書考〉，頁 87，圖三一）
　　　　蔡□之用玄翏（鏐）

　　（8）曾白霝遊匜（《大系》錄 207、考 186）
　　　　余罨其吉金黃鏽（鑪），余用自乍（作）旅匜（簠）。

其中，「郘公牼鐘」、「邵鐘」、「郘公華鐘」各有同銘之器若干。對照例（3）與例（8），前者作「罨（擇）乓（厥）吉金，玄鏐赤鏽」，後者作「罨（擇）其吉金黃鏽」，確知「鏽」爲金屬名，前一字爲顏色形容詞。「玄鏐」與「赤鏽」駢對，因知「鏐」亦金屬名，而「玄」字用以狀其色澤。

〔註 341〕例（1）－（5）、7 銘文之隸定，悉據郭沫若：《兩周金文辭大系圖錄考釋》。

「鏐」之爲物，《爾雅·釋器》云：「黃金謂之盪，其美者謂之鏐。」郭《注》：「鏐，即紫磨金。」《說文》亦云：「鏐，黃金之美者。」《史記集解》引鄭玄語同。今人岑仲勉考「玄鏐」一詞云：

> 今考鉛，前條頓語作 loudhom，古條頓語之首音作 lau，鏐有「憐蕭切」一音（《切韻》lieu），正可與條頓語之 lou 或 lau 相通轉。又據 Pliny 說，羅馬人不能確別鉛、錫，稱前者曰 plumbum nigrum（黑鉛），後者曰 plumbum album（白鉛），現時英文猶存 black lead、white lead（黑鉛、白鉛）二語，可見古今中外，觀念相同，玄鏐之爲鉛，從質料、音聲、顏色三方面合觀之，當無疑義。〔註342〕

條頓語屬日耳曼語系，與漢藏語系距離甚遠，同源云云，非其正解。惟鉛色玄青，岑說亦非全無可能，姑存以備考。

青銅中加鉛，固可提高抗磨性與切削性，然鉛量過多，則機械性相對降低。一般青銅兵器鉛含量均低於 6%，含鉛過量之兵器，若非儀仗用具，則爲明器。〔註343〕若「玄鏐」確爲鉛之異名，則上列諸戈必非實戰器；反之，上列諸兵若爲實戰器，則「玄鏐」必不得爲鉛。至於上列諸兵之性質，未見古器物學家論及，姑存以待考。

6670　　　　　8158
玄鏐戈　　　　胡上 2 字
錄遺　563

〔註342〕岑仲勉：《兩周文史論叢》，〈周鑄青銅器所用金屬之種類及名稱〉，頁 113-114。

〔註343〕吳來明：〈「六齊」、商周青銅器化學成分及其演變的研究〉，《文物》1986 年第 11 期，頁 76-84。

6686　　　　　　8174
玄鏐戈　　　　　存 2 字
　貞松　11.23
　貞圖　中 56

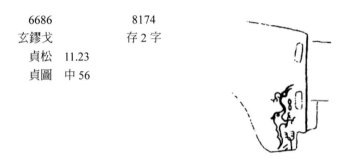

221　自乍用戈（《邱集》8242、《嚴集》7395）

戈銘鳥書四字，二在援，二在胡，容庚釋爲「自乍用戈」，可從。〔註344〕

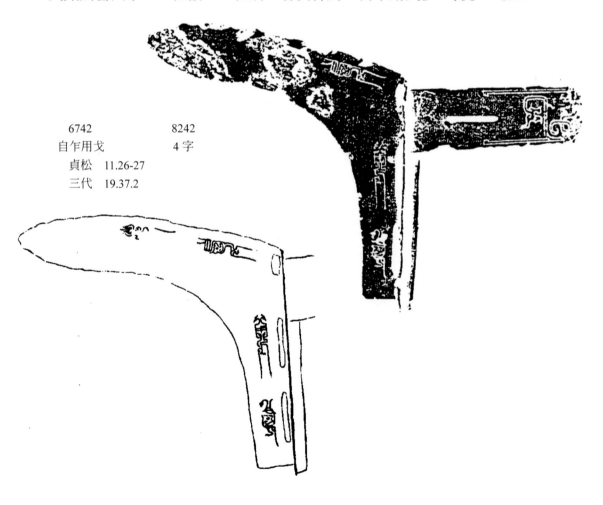

6742　　　　　　8242
自乍用戈　　　　4 字
　貞松　11.26-27
　三代　19.37.2

〔註344〕容庚：〈鳥書考〉，《燕京學報》，第 16 期，頁 201。

222 用戈（《邱集》8243、《嚴集》7396）

本戈銘文錯金鳥書四字，二在援，二在胡，容庚初釋爲「□乍用戈」，[註345]
後將「乍」字改釋爲「之」。[註346] 胡銘爲「用戈」二字，援銘則蝕渤難識矣。

6743　　　　　　8243
鳥篆戈一　　　　 4字
　周金　6.60 前
　韡華　癸 5
　夢郼　中 9
　小校　10.30.1
　三代　19.37.3

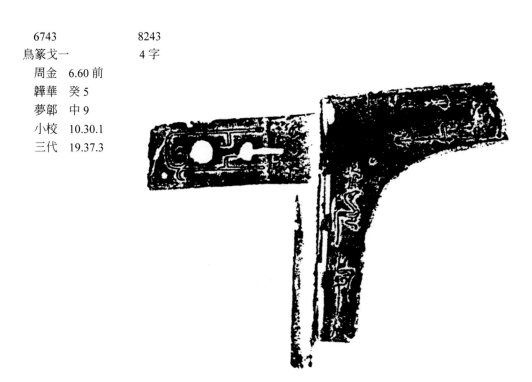

223 郼之新造戈（《邱集》8251、《嚴集》7402）

本戈初載於《錄遺》566，僅存殘內，銘文四字，編者于省吾釋爲「邦之新
都」，容庚三版《金文編》初釋爲「祁之新都」，後於新四版《金文編》「器目」
中殆從裘錫圭釋文，命之曰「邦之新郜戈」，然於正文中則將首字錄於第 1072「郼」
字條下，末字錄於第 845「都」字條下。[註347] 據上所述，銘文「之新」二字已
有共識，惟首尾二字所釋互有出入，大家如容庚者亦舉棋不定。

「邦」字金文習見，或作「𨑒」（克鼎），或作「𨛜」（禹鼎），右旁所從與
「封」字同，其下俱無兩手向上作承托狀，與戈銘首字有別。戈銘首字或隸作
「祁」，然「戒」字金文作「𢦓」（戒鬲）或「𢦠」（中山王𧊒壺），上俱從戈；

〔註345〕 容庚：〈鳥書考〉，《燕京學報》第 16 期，頁 201。

〔註346〕 容庚：增訂〈鳥書考〉，《中山大學學報》1964 年第 1 期，頁 87。

〔註347〕 裘錫圭：〈談談隨縣曾侯乙墓的文字資料〉，《文物》1979 年第 7 期，頁 26。

而戈銘首字右旁作「」,「戈」字未見此體，因知釋「郕」未允。分析此銘偏旁，右旁上从丰，下从廾，實即「奉」字。「奉」字散盤作「」，汗簡作「」，形近可證。此銘左旁从邑，李師孝定釋爲「邦」，〔註 348〕新四版《金文編》從之（第 1072 條），至於該書「器目」之命名，蓋一時失察耳。

戈銘末一字，于省吾、容庚隸作「都」，殆據洹子孟姜壺「都」字作「」而釋，壺銘：「喪其人民邑」，「」確當釋爲「都」。然「」字左旁實从「告」聲，「告」字古音見母幽部，「都」字端母魚部，聲韻俱遠，「都」字無从「告」得聲之理，因知壺銘此字當係形訛所致，如㝬鐘「都」字所从「者」聲作「」，即與壺銘「」形近。壺銘「」訛變之體，宜否據之類推戈銘「」，猶待商榷。況戈銘右旁「」，已與金文者字「」，相去頗遠，形訛之說不復適用，因知此銘不當釋爲「都」，其右旁所从作「」，上半中畫曲首，與申鼎「造」字作「」形近，確爲「告」字。此銘从邑、从告，當隸定爲「郜」。「郜」字亦見於郜史碩父鼎（《貞松》3.16.3），本係姬姓國名，音假爲製造之「造」。

戈銘「邦之新造」，可有二讀。其一，「邦」爲地名，意即邦地新造之戈。其二，「新」讀如「親」，「新」、「親」二字同从「辛」聲，宜可通假，如中山王𰯼鼎即从宀、新聲作「𡪢」。「新」若讀爲「親」，則「邦」殆爲姓氏字。後世未見「邦」姓，上文所擬二讀，似以前說較長。近年湖南長沙嘗出一戈，形制、銘文皆與本戈同。〔註 349〕戈銘「新」字作「」形，與曾侯乙鐘銘全同；「造」字所从「告」旁，與「𨙸竝果戈」（例 227）「造」字所从相近，筆者因疑本戈若不屬楚，即當屬曾。

〔註 348〕李師孝定：《金文詁林讀後記》，頁 255。

〔註 349〕周世榮：〈湖南出土戰國以前青銅器銘文考〉，《古文字研究》第十輯，頁 249。

6750   8251

邦之新郜戈   4字

    錄遺 566

224 □君戈（《邱集》8252、《嚴集》7403）

　　本戈湖北江陵拍馬山第 10 號墓出土，銘文鳥書四字，發掘簡報釋爲「䣄君用寶」，謂乃春秋末年爲楚所滅之上䣄，其都位今湖北宜城。〔註 350〕黃盛璋釋爲「邔（郢）君□皶」，復謂該墓及本戈當屬戰國早期，惜未申說。〔註 351〕容庚新四版《金文編》收於附錄第 733 至 736 條。戈銘第一字不識，惟其上半作「艸」，與「䣄」字作「𣩦」（䣄公匜）形近，而與「郢」字作「𨙶」（鄂君啓舟節）頗遠，似以釋「䣄」較長。第二字從尹、從口，確爲「君」字無疑。第三字不識。第四字左下所從作「𩰴」，下半爲繁飾，上半與例 223「造」字所從之「告」形近，此偏旁當係「告」字無疑。此字右下作「𣎴」，蓋「攴」字之繁文，三晉兵器「尹」字多作「𦙚」，下亦從月爲繁飾。戈銘第四字從宀、從攴、告聲，當隸定爲「皶」，而讀爲「造」。例 227邥並果戈「造」字作「𣂼」，亦從攴、告聲；其所從「告」旁中畫上端曲折，與本銘及例 223「造」字所從之「告」形近，此體殆爲楚系銘文之特徵。例 057鄬侯戈「造」字從戈作「𢧵」，戰國文字從戈、從攴屢見互作之例，如新鄭兵器「寇」字皆從戈，故本銘「皶」當係「造」字之異體。

6751　　　　　　8252
䣄君戈　　　　　4 字
考古　1973.3.156 頁圖 8

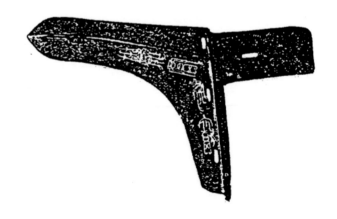

〔註350〕湖北省博物館等：〈湖北江陵拍馬山楚墓發掘簡報〉，《考古》1973 年第 3 期，頁
　　　　156、161。

〔註351〕黃盛璋：〈三晉兵器〉，頁 32，註 1。

225 子睸戈（《邱集》8284、《嚴集》7427）

本戈初載於《錄遺》567，編者于省吾命之曰「子睸鳥篆戈」，容庚釋爲「子□之用戈」。〔註352〕「子睸」當係器主之名。

6775　　　　　　8284
子睸之用戈　　　　5字
　錄遺　567

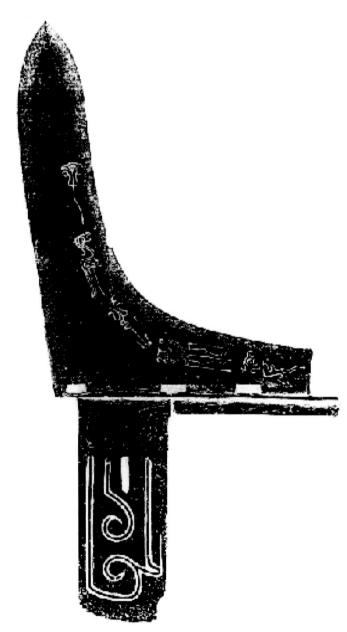

〔註352〕容庚：〈鳥書考〉，《中山大學學報》1964 年第 1 期，頁 86。

226　登緘戈（《邱集》8287）

　　本戈 1957 年湖南長沙烈士公園第 3 號墓出土，胡上刻銘五字，字體近於巴蜀文字（參例 215「𤇾𨹗王戈」），無一能識。〔註353〕1952 年長沙硯瓦池第 784 號墓，及 1958 年常德近郊皆曾出土形制銘文與此相近之銅戈，此殆爲楚系銅戈之特徵。〔註354〕

```
6778                    8287
登緘𠦪戈                  5 字
考古通訊　1958.6　48 頁圖四
```

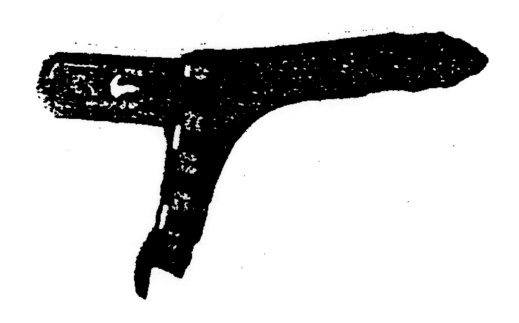

〔註353〕周世榮：〈長沙烈士公園清理的戰國墓葬〉，《考古通訊》1958 年第 6 期，頁 48，圖四。

〔註354〕周世榮：〈湖南出土戰國以前青銅器銘文考〉，《古文字研究》第十輯，頁 252。

227 郊竝果戈（《邱集》8321、《嚴集》7461）

本戈 1959 年揀選自廢銅中，現藏上海博物館。內末有巴蜀地區特有之符號一組，與四川冬筍壩船棺葬出土銅兵所鑄符號類同。〔註355〕戈身飾虎紋，虎身下延至胡末，雙耳突出，越闌至內上。簡報執筆人沈之瑜云：

> 《後漢書》卷一一六載巴之先人「廩君死，魂魄世爲白虎」，證之出
> 土巴器每多虎紋，或許白虎即是「巴氏」氏族之圖騰。此戈爲巴國
> 遺物無疑。〔註356〕

銘文六字，沈之瑜釋爲「䖘竝果之敢戈」，孫稚雛釋爲「郊竝果之戠（造）戈」。〔註357〕第一字右旁所從作「㸁」形，與鄂君啓舟節「淯」字所從「次」作「多」形相近，孫釋較長。孫云：

> 郊從邑、次聲，肯定是一個地名。春秋戰國時期，在楚國境内，稱
> 「郊」的地方，可能與鄂君啓舟節中提到的「淯」有關，如果郊邑
> 是因淯水而得名的話，那麼郊的地望就應該在現在湖南省境内資水
> 流域一帶了。

「竝果」爲人名。第五字雖與小篆「敢」字作「敔」略近，惟金文「敢」字從爭、甘聲作「冚」形，〔註358〕與戈銘不類。此銘左旁作「㕙」形，爲「告」字異體，例 223「郱之新造戈」銘文「郱（造）」字所從「告」旁與之形近。此字從攴、告聲，孫釋爲「戠（造）」，可從。「某某之造戈」爲戈銘習見辭例，意即某某人所監造戈。由形制以觀，本戈爲巴蜀兵器當無可疑，而銘文則與巴蜀文字風格迥殊（參例 215「㘠山王戈」）。此一現象沈之瑜云：

> 銘文書體類似楚國文字。「之」、「戈」兩字與長沙出土晚周繒書相似，
> 「之」字又同於仰天湖楚簡。古時巴、楚接壤，春秋時已交涉頻繁，
> 數相攻伐。戈銘恐爲楚人得後加刻。

孫稚雛則云：

〔註355〕四川省博物館：《四川船棺葬發掘報告》，頁 53，插圖 2.9。

〔註356〕沈之瑜：〈䖘竝果戈跋〉，《文物》1963 年第 9 期，頁 61。

〔註357〕孫稚雛：〈郊竝果戈銘釋〉，《古文字研究》第七輯，頁 103-108。

〔註358〕林義光：《文源》，「敢」字條。

我以爲竝果可能是身居楚地的巴人貴族，所以他所鑄造的戈就兼二
者而有之了。戈銘不應該是楚人得後加刻，因爲如果是加刻的話，
竝果就不能自稱某某「造戈」了。

由「造戈」一詞之涵義立論，孫說較長。

6808　　　　　　　　8321
邲竝果戈　　　　　　6字
文物　1963.9.61-62頁

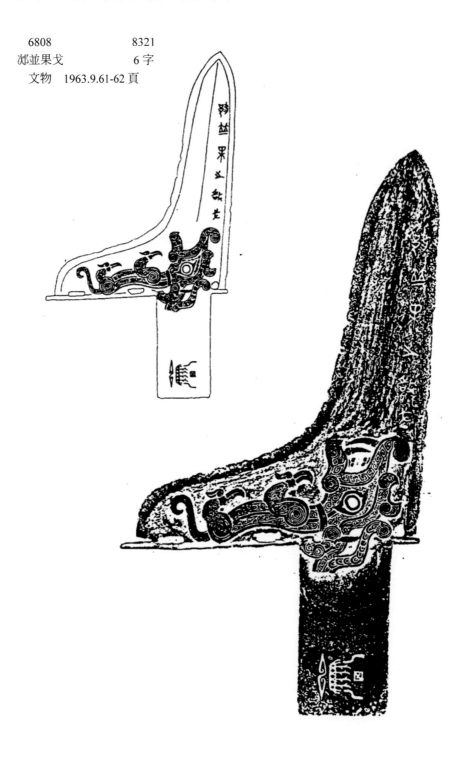

228　新弨戈（《邱集》8325、《嚴集》7463）

　　本戈湖北襄陽專區博物館藏，銘文鳥書六字，容庚初釋爲「剌弞自郶弗戈」，[註359] 後從商承祚改釋前二字爲「新弨」。[註360] 戈銘第一字，从木、从斤、辛聲，確爲「新」字無疑，曾侯乙鐘、郼之新造戈（例223）「新」皆作此體。「新弨」爲人名。「郶」爲「命」字繁文，亦見於鄂君啓舟節，爲楚系銘文特有字體。「弗」字，容庚釋云：

> 疑是器名。《三代吉金文存》卷十九頁 46 又頁 50 有一戈銘爲「鄅侯朕作 ⋔ 萃鎙鎃」八字，此弗字不从金，意義當相同，〈玉篇〉：「鎃，飾也。」[註361]

商承祚從之。本銘「弗戟」，當與「秡戈」（詳例079「叔孫秡戈」）、「散戈」（詳例 085「陳散戈」）同意。秡，誅也。散，殺也。弗，刜也。《說文》：「刜，擊也。」《廣雅·釋言》：「刜，斫也。」又《釋詁》：「刜，斷也。」晉公盤銘云：「刜燮（暴）嬌（舒）偃（迬）」，此當訓爲「除」。父辛卣銘云：「永寶石（祐）宗不刜」，此當訓爲「絕」。斷絕、除去之義，皆由斫擊義所引申。弗戈，即擊戈。銘文第六字，於象柲之直畫上有三斜畫，疑與曾侯乙戈（例186－189）「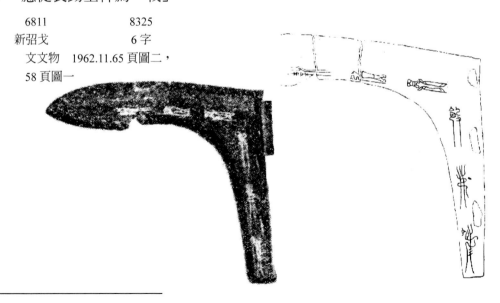」同字，應從裘錫圭釋爲「戟」。

6811　　　　　　　　8325
新弨戈　　　　　　　6字
文文物　1962.11.65 頁圖二，
58 頁圖一

〔註359〕庚釋文，見仲卿：〈襄陽專區發現的兩件銅戈〉，《文物》1962 年第 11 期，頁 65。

〔註360〕商承祚：〈『新弨戈』釋文〉，《文物》1962 年第 11 期，頁 58。容庚：〈鳥書考〉，《中山大學學報》1964 年第 1 期，頁 86。

〔註361〕同註 359，仲卿文。

229　□戈（《邱集》8312B）

230　□戈（《邱集》8338、《嚴集》7471）

　　例229初載於《彙編》731，編者註云：「未見著錄」。拓片僅拓有銘文部分，該書此器附有摹文，惟所摹粗劣失真，未可信據。例230初載於《錄遺》576，筆者嘗取之與例229比對，發現二者字體、字與字之相對位置、字與穿孔之相對位置、穿孔與穿孔之距離、胡刃之弧度悉無不合，因疑此二戈若非同範所鑄，則當係同一器。二拓銘文皆蝕泐不清，難以辨識。

```
6799／c            8312B
□戈               6字
巴納   （1975）拓本
彙編   7.598.（731）
```

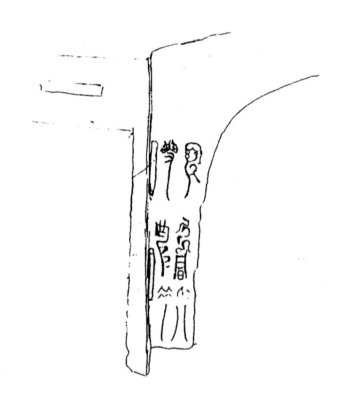

6821   8338

鳥篆戈   6字

錄遺　576

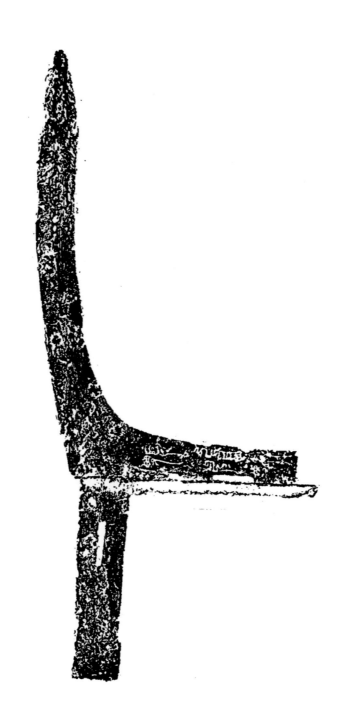

231　□□戈（《邱集》8459）

　　本戈 1958－1959 年安徽淮南市蔡家崗趙家孤堆出土，援、胡正背面各有銘文兩行，約六、七十字，[註362] 惜蝕泐過甚，辨識不易。正面援之中段上行有一「乍」字，前段下行有一偏旁「疒」，中段下行有一偏旁「戈」。正面胡上段左行銘爲「子□年□舌」。背面援上行銘爲「□巫旨□□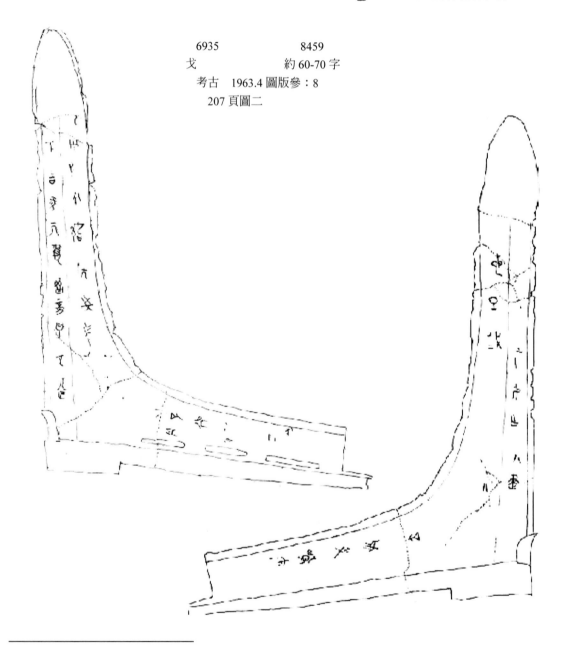緐豐（曹）□若□公」，下行銘云「□申邱蔡（大？）之□」，胡右行有一「正」字，餘皆蝕泐難辨。

6935　　　　　　　8459
戈　　　　　　　　約 60-70 字
考古　1963.4 圖版參：8
207 頁圖二

〔註362〕安徽省文化局文化工作隊：〈安徽淮南市蔡家崗趙家孤堆戰國墓〉，《考古》1963年第 4 期，頁 206-207。

232 ▨子戈（《邱集》8168、《嚴集》7336）

本戈殘存胡部，銘二字，上字作「▨」形，方濬益云：

> 上一字當是滕之異文，滕爲文王子叔繡封國，入春秋時猶稱侯，後
> 乃稱子，說詳滕侯蘇敢，釋此曰「滕子」，是降爵後所作也。（《綴遺》
> 30.16.2）

國名「滕」字，金文从火，朕聲，[註363] 如滕侯盨（《三代》8.9.1）作「▨」
形者是。[註364] 本銘首字雖不从火，然疑亦从朕得聲。「朕」字實有作「▨」
形者，如戈弔朕簋（《三代》4.7.3）、封孫宅盤（《文物》1964 年第 7 期），與本
銘下半所从相同。本銘第一字，疑从竹、从鬥、朕聲，方濬益謂乃「滕」之異
文，故本戈疑爲滕國器。

6680	8168
▨子戈	2 字
綴遺 30.16	
貞松 11.24	
三代 19.31.2	

〔註363〕余迺永：《兩周金文音系考》，頁 268-275。余先生以朕、滕、媵、賸諸字，皆屬定
母蒸部。

〔註364〕「滕侯盨」《三代》8.9.1 誤作「簋」，今據新四版《金文編》「引用器目表」訂正。

· 375 ·

233 武城戈（《邱集》8173、《嚴集》7339）

本戈摹文初載於《貞續》下22，僅存殘內，銘「武城」二字。1973年山東濰縣麓台村發現二戈，一銘「武城戈」，另一銘「武城徒戈」，其國屬有魯、齊二說。簡報云：

> 據文獻記載，春秋時期有四個武城。一、楚地（《左傳》定公四年杜《注》），地在今河南信陽市東北。二、申地（《左傳》僖公六年杜《注》），地在今河南信陽市北。三、晉地（《左傳》文公八年），地在今陝西華縣東。四、魯地（《左傳》襄公十八年杜《注》），地在今山東費縣西南。……濰縣春秋時期屬齊國，而齊國無武城、京二地。可見，三件銅戈（源案：同時發現者猶有一件「京戈」）雖在齊地發現，原非齊國所有。……而這兩件戈的銘文字體博大、莊重，無纖細之感，具有山東侯國的風韻；銘文內容亦有山東侯國的特點，如春秋時期齊國有「高密戈」，魯國有「鄆戈」等。因此，我們認爲這兩件戈可能是魯國武城製作的。〔註365〕

李學勤則以爲乃戰國時齊國所造，考證云：

> 1973年濰縣麓台村出土的三件有銘銅戈，我們的意見也是齊器，不過是戰國時田齊的器物。三件戈的形制都是中胡三穿，援部相對説較短，是戰國時期常見的一種型式，……麓台村一號戈（源案：指「武城徒戈」）「城」字從「㘰」，右側「成」所從之「丁」寫作一豎中間一點，與田齊陶文全同，是戈的國別、年代的有力證據。上引各戈中（源案指：《三代》20.9.2「平陸左戈」、《小校》10.30.2「平阿右戈」、《小校》10.31.1「平阿左戈」、《周金》6.39「亡鹽右戈」）「戈」字有從「金」旁的，也是田齊文字的特色。武城，春秋時係魯地。春秋晚期魯國有兩處武城，在北邊的是《漢書‧地理志》清河郡的東武城，在南境的爲與上地分別，稱爲南武城，位於今費縣境內。……齊威王時南武城已歸於齊，戈銘的武城當即齊地。〔註376〕

〔註365〕傅德、次先、敬明：〈山東濰縣發現春秋魯、鄭銅戈〉，《文物》1983年第12期，頁10。

〔註376〕李學勤：〈試論山東新出青銅器的意義〉，《文物》1983年第12期，頁21。

上舉濰縣發現之「武城戈」、「武城徒戈」，李學勤據形制、銘文、出土地定爲齊器，其說可從。本戈銘文單舉地名「武城」二字，與齊、魯系兵器辭例合，惟以僅存殘內，猶難確證究當屬魯，抑或屬齊。

6685　　　　　　8173
武城戈　　　　　2 字
貞續　　下 22

234 ⿰飛子戈（《邱集》8178、《嚴集》7344）

235 ⿰飛子戈（《邱集》8179、《嚴集》7345）

236 ⿰飛子戈（《邱集》8288、《嚴集》7430）

　　上列三戈形制相同，闌側三穿，內三面磨刃成鋒。銘文皆在胡部，「子」字悉作「🔲」形，頭部爲倒正三角形，手部微微外展。銘文第一字，例 234、236 同作「飛」形，例 235 作「飛」形，結構基本相同，當係一字異文。例 234、235 銘文皆爲「□子」，此爲器主之名。例 236 銘云：「□子之鎬（造）戈」，「造」字從舟作「鎬」，見於《說文》古文，爲齊系文字特徵（詳〈研究篇〉第四章「釋造」），僅記器主名之簡單辭例，亦爲齊系兵器銘文特徵，因疑上列三戈爲齊系兵器。

6690　　　　　　　　8178
□子戈一　　　　　　2字
　貞松　12.1
　三代　20.3.1

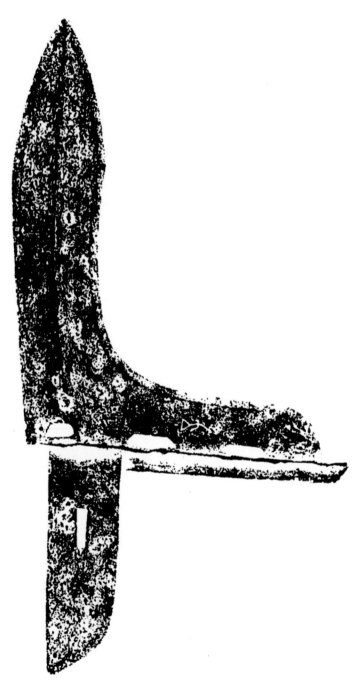

6691   8179

又二   2字

  夢郼　中 15

  三代　20.3.2

6779 8288
子戈 5字

夢鄣　中8

小校　10.40.1

三代　20.11.2

237　無潭右戈（《邱集》8202、《嚴集》7364）

戈銘三字，在內末近上緣處。方濬益云：

> 右「凵鹽戈」，銘三字，在內。凵即無，〈地理志〉：「無鹽，屬東平
> 國。」……《說文》：「鹽，鹹也。从鹵，監聲。」此文作潊，从鹵。
> 鹵爲古文西，《說文》：「鹵，从西省。」故可以鹵爲鹵，而从水在皿，
> 以象煮鹽之形，當是鹽之別體。（《綴遺》30.19）

王國維（《國朝金文著錄表》5.11）、柯昌濟（《金文分域編》9.14）、曾毅公（《山東》齊26）皆从之。劉心源則隸定爲「作鹽右」，云：

> 鹽，地名，《漢志》：「臨淮郡有鹽瀆縣」。此从水、从鹵、从皿會意。
> （《奇觚》10.10.1）

又於另一同銘戈考釋云：

> 《史記・秦本記》昭襄王十一年鹽氏下，《正義》引《括地志》：鹽，
> 故城在蒲州安邑縣。是此戈不必定爲鹽瀆物也。（《奇觚》10.10.2「鹽
> 右戈二」）

鄒安（《周金》6.39.2）從之。容庚則隸定爲「作潭右」（《金文編》「器目」及「潭」字條）。

戈銘第一字作「凵」形，與「亡」字作「凵」（克鼎）、「凵」（盠壺）形近，而與「乍」字作「凵」（衛父卣）、「凵」（伯魚簋）、「凵」（中山侯鉞）較遠，故以隸定爲「亡」較長。戈銘第二字右上所从作「图」形，與「西」字作「图」（國差罎）形近，而與「鹵」字作「图」（免盤）迥殊，此當隸定爲「西」。《說文》云：「鹵，西方鹹地也。从图省，囗象鹽形。安定有鹵縣。東方謂之廒，西方謂之鹵。」郭沫若謂鹽鹵多產於海，以中國之地理而言，海在東南，何以鹹地獨限於西方耶？許慎殆以「鹵」、「图」二字形似，遂出穿鑿之言。〔註367〕

「鹽」字既不从西，則戈銘「潊」自非「鹽」字，是以前引各家釋爲「無鹽右」，並進而考其地望云云，皆有待商榷。此銘可隸定爲「潊」，容庚引高景成釋云：「毛公鼎簟第字作簟弻，疑潊即潭之古文。」（新四版《金文編》1788「潭」字條）。毛公鼎銘云：「金簟弻（第）魚葡（箙）」，番生簋銘辭例與之全同，而「弻」

〔註367〕郭沫若：《金文叢考・釋干鹵》，頁198。

上一字作「」形，可證鼎銘「」確當隸定爲「籩」，蓋「覃」字所从「」

乃象容器形，〔註368〕故可與「皿」旁互作。「籩弥」即《詩・載驅》之「籩茀」。

毛公鼎銘「」得隸定爲「籩」字，由是以推，戈銘「」亦得隸定爲「潭」。

戈銘「無潭右」，殆即「無潭右庫（府）」之省，爲本戈鑄造地，類似辭例多見

於齊戈（詳例 083），因疑本戈亦爲齊器。

6709　　　　　　8202

乍右戈　　　　　3 字

　綴遺　30.19

　奇觚　10.10

　周金　6.39 後至 40 前

　簠齋　四古兵器

　三代　19.31.4

　山東　齊 26

〔註368〕參李師孝定：《金文詁林讀後記》，頁 216。

238　高𪑾左戈（《邱集》8214、《嚴集》7372）

239　高𪑾左戈（《邱集》8215）

240　高𪑾左戈（《邱集》8216）

三器銘文皆在內末，阮元釋爲「高陽左」，云：

> 陽、暘古通，……此戈云「高陽左」者，或高陽氏之諸侯左右二戈
> 中之中戈與？又考，古戈銘有作右軍者，古行軍左右有局，謂之上、
> 下軍，亦謂之左、右軍，或此戈爲左軍所用，故以左字志之，亦未
> 可定。（《積古》8.13）

吳雲（《二百》3.13）從其說。柯昌濟則謂高陽爲地名，即今河北高陽縣地（《金文分域編》8.8）。案：金文「易」字作「𧇽」（易鼎）、「𧇽」（沈兒鐘）、「𧇽」（嘉子易伯臣），上皆從日，其下所從雖難確識，然多與日形分離，或偶有連屬者，亦僅限於中間長畫而已。戈銘「𪑾」字，其下三筆悉與日形連屬，舊釋爲「陽」，猶待商榷。戈銘「高𪑾左」，殆即「高𪑾左庫（府）」之省，爲鑄造本戈之作坊，類似辭例多見於齊戈（詳例083），因疑此亦爲齊戈。

6717　　　　　　　8214
高𪑾左戈（一）　　3字
　積古　8.13
　二百　3.13
　兩罍　8.12
　攈古　一之二，43
　周金　6.45
　小校　10.24

6717／b 　　　　　8215
又二 　　　　　　　3字
　　小校　10.24.3

6717／c

又三

　小校　10.24.2

8216

3字

241　子子戈（《邱集》8218、《嚴集》7374）

　　本戈 1956 年山東省文物普查時發現，內末銘文三字，作「子子」，原報告執筆人釋爲「子盪（陽）子」，謂乃齊景公之子「公子陽生」，亦即齊悼公（公元前 488－484 年）。〔註369〕然「陽」字金文習見，作「陽」（虢季子白盤）、「陽」（弔姬鼎）、「陽」（曩伯盨），右旁所从之「昜」，皆與戈銘右旁相去頗遠，是以此銘釋爲「盪（陽）」，待商。然原報告執筆人云：

> 古文字中人名前冠之以「子」者恒見，在楚、吳、郜、徐、蔡、曾
> 及秦國人名「子」前多冠之以國名，齊國則不然，不見稱「齊子某」
> 者，而稱「子某子」則是齊人獨特的形式。

該文舉 1857 年山東濰坊出土之「子禾子釜」等器爲例，其說蓋是。

```
6719                    8218
子🔲子戈                  3字
  山選　50頁：109
```

〔註369〕孫敬明、王桂香、韓金城：〈山東濰坊新出銅戈銘文考釋及有關問題〉，《江漢考古》
　　　　1986 年第 3 期，頁 63-64。

242　皇宮左戈（《邱集》8229、《嚴集》7382）
243　皇宮左戈（《邱集》8230、《嚴集》7383）

　　上列二戈銘同，皆云：「皇宮左」。第二字作「圓」，舊釋爲「宮」。〔註370〕然「宮」字古文作「呂」或「呂」，象兩室相連之形，〔註371〕與戈銘所從有別，釋「宮」未允。「皇宮」爲地名，「左」殆「左庫」之省，皇宮左庫（府）爲鑄造本戈之作坊，類似辭例多見於齊戈（詳例083），因疑此亦爲齊器。

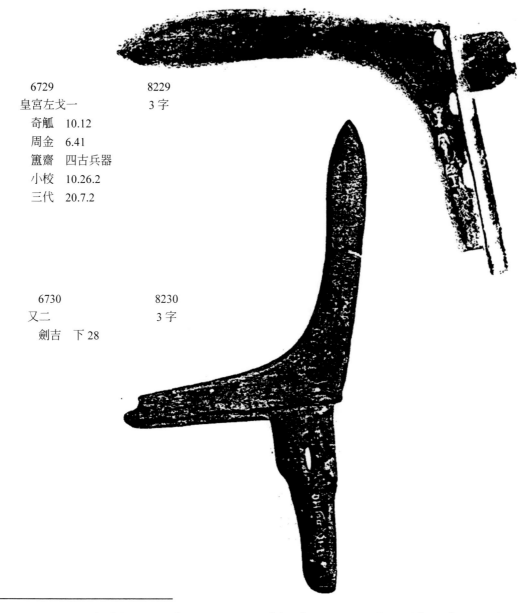

6729
皇宮左戈一
　奇觚　10.12
　周金　6.41
　簠齋　四古兵器
　小校　10.26.2
　三代　20.7.2

8229
3字

6730
又二
　劍吉　下28

8230
3字

〔註370〕例 242 釋爲「皇宮左」者，如劉心源（《奇觚》10.12.1）、鄒安（《周金》6.41.2）、
　　　　劉體智（《小校》10.26.2）。例 243 于省吾亦釋爲「皇宮左」（《劍吉》下 28）。
〔註371〕參李師孝定：《甲骨文字集釋》，卷 7，頁 2499-2502。

244　子備戈（《邱集》8238、《嚴集》7391）

　　本戈銘文四字，云：「子𡢍（備）鋯（？）戈」。第二字作「備」，方濬益隸定爲「𡢍」，疑爲「備」之繁文（《綴遺》30.20.2）。第三字殘泐，方濬益摹作「鋯」，劉心源隸定爲「鋯」（《奇觚》10.16.2）。人名（子某）之前不冠以國名，爲齊系器銘特徵（參例 241）。「造」字从金，人名迳接器類名之簡單辭例，亦爲齊系器銘之特徵。

6738	8238
子備□戈	4字
綴遺　30.20	
奇觚　10.16	
周金　6.33 後	
簠齋　四古兵器	
小校　10.37.1	
三代　19.35.3	

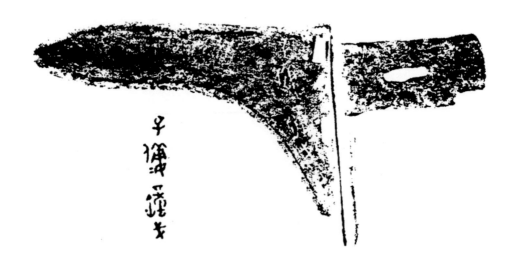

245　仕斤戈（《邱集》8257）
246　仕斤戈（《邱集》8259、《嚴集》7407）

　　上列二戈銘文皆有四字，後三字全同。第一字例 245 作「𠀇」，例 246 作「𡉚」，咸从人，从士，蓋一字之異體，姑隸定爲「仕」。「佣」字，弔妣簋作「𦥛」，多支鼎作「𦥔」，其例正同。第二字作「斤」，方濬益釋爲「乍」（《綴遺》30.6）、劉心源（《奇觚》10.17.1）、鄒安（《周金》6.33.1）從之。此銘吳式芬釋爲「斤」（《攈古》一之二，84），羅振玉（《三代》卷 20〈目錄〉）、容庚（《金文編》）從之。彝銘「乍」字確實有倒書之例，如伯𡨋卣書作「𠄔、𠄓」形，番伯酓匜書作「斥」形，然戈銘此字不得隸爲「乍」，因「斤」字倒書，則成「屮」形，金文「乍」字未見此體，此銘當隸定爲「斤」，如塱簋「新」字偏旁作「𠂆」形，即與之全同。戈銘第三字作「徏」形，从辵、土聲，當釋爲「徒」，吳式芬釋「造」（《攈古》一之二，84），未允。「徒戈」一詞，齊戈銘文習見，意謂徒卒執用之戈（參例 085）。

```
6755／b              8257
徒戈                  4 字
Van Heusden（1952）01.46
彙編　7.647.（866）
```

6756　　　　　　　8259

圽斤徒戈　　　　　4字

　攗古　一之二，84

　綴遺　30.6

　奇觚　10.17

　周金　6.33 前

　簠齋　四古兵器

　三代　20.7.1

247 □子戈（《邱集》8267、《嚴集》7415）

戈銘五字，云：「□子之艁（造）□」，「造」字從舟，多見於齊系銘文，辭例亦同於魯國之「羊子戈」（例080），因疑此亦齊系兵器。

6763　　　　　　8267
□子戈　　　　　4字
三代　20.11.1

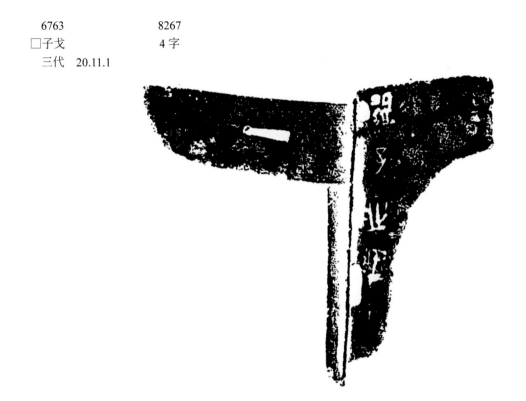

248 去屖戈（《邱集》8261、《嚴集》7409）

本戈銘文五字，俱略爲殘泐。首一字似作「」形，與中山王𰓦鼎「去」字作「」同。第二字似作「」，方濬益隸定爲「皮」（《綴遺》30.10），劉心源隸定爲「呈」（《奇觚》10.17.2）。「皮」字金文作「」（弔皮簋），「呈」字作「」（鄂君啓舟節「郢」字偏旁），皆與戈銘有別，此字未識。第三字作「」形，從邑、告聲，亦見於䣄史碩父鼎，爲後起之地名專字，此假爲製造之「造」。第四字似作「」形，可從裘錫圭釋爲「戠」，累增「金」旁，以表其質材。第五字似作「」形，疑爲「冶」字「」之或體。戈銘「去屖䣄（造）（戠？）冶」，「去屖」爲命造此戠之人，「冶」下疑省冶工之名。例104「齊城右戈」，銘末亦有「冶」字。由「戠」字構形特徵、及人名逕接地名之辭例以辨，本戈殆爲齊系兵器。

6758 8261
□𡧊戈 4字

綴遺　30.10
奇觚　10.17
周金　6.22 後
簠齋　四古兵器
小校　10.38.3
三代　20.8.2

249　子□戈（《邱集》8262、《嚴集》7410）

本戈胡部銘文五字，云：「子□□之戟」。「戟」字作「戜」，爲齊銘特有構形；人名「子某」之前不冠以國名，亦爲齊系器銘特徵，因疑此爲齊系兵器。

6759		8262
子□戈		4字
貞松	12.2	
小校	10.62.3	
三代	20.9.1	

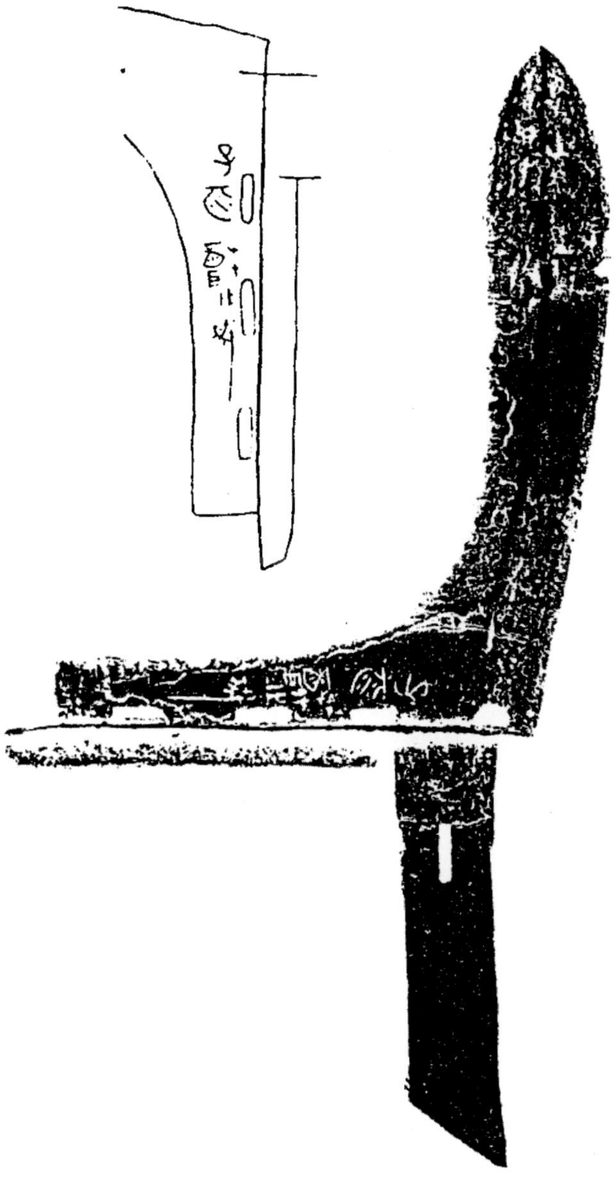

250　平戈（《邱集》8273、《嚴集》7417）

　　本戈內末銘文五字，云：「平□□□戔（戈）」。「平」字作「柔」形，於橫豎二畫間加四小點，爲齊銘之特徵，亦見於例 083 平阿右戈。「戈」字从金，齊銘習見，如例 088 陳𣁋戈、例 099 陳䍃戈。第二、三字不識，殆與「平」字合爲一地名或人名。第四字作「𢼸」形，疑爲「散」之異文。「散戈」一詞，齊戈銘文習見。「散」字形體多變，如陳禦寇戈（《貞松》11.27.3）作「𢿢」、例 087 陳散戈作「𧯟」、例 099 陳䍃戈作「𥲟」、例 100 陳貞戈作「𥳂」，本銘第四字疑亦爲「散」之異文。

6765　　　　　　　8273
平□□戔　　　　　5字
三代　19.39.1

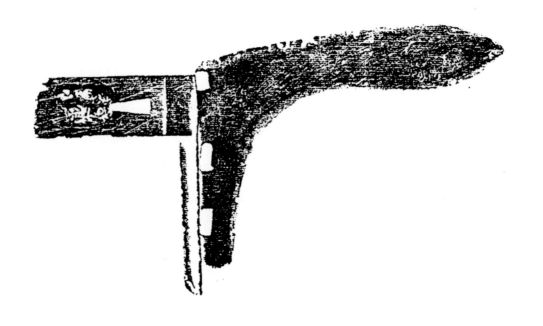

251　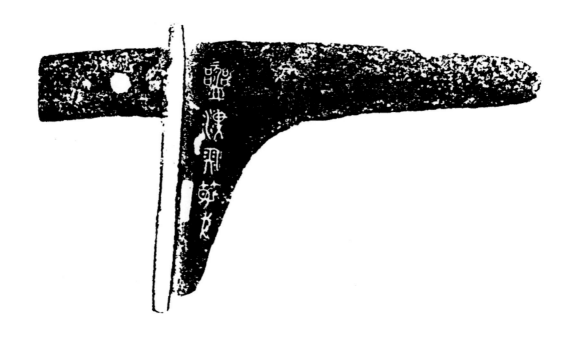戈（《邱集》8277、《嚴集》7421）

　　本戈銘文五字，第一字羅福頤隸定爲「醘」（《代釋》4608），然此字上半正中所从，象人腹下有點之形，疑爲「尿」字初文，是以此銘姑隸定爲「醘」。第二字舊皆不識，疑爲「泆」字，「矢」字甲骨文多作「䇂」形（《乙》221），金文多作「大」（不嬰簋），而戈銘次字右旁作「䇂」，似各得其一體，「泆」字亦見於泆伯寺簋。第三字羅福頤釋爲「侯」，或是。前三字合爲一地名或人名。第四字與例100陳𦎫戈「散」字作「𣩁」相近，蓋「散」之異體。銘有「散戈」一詞，及人名逕接器名之簡單辭例，均與齊戈銘文特徵合，疑此亦爲齊器。

6769　　　　　　　　8277

醘泆𦍌筬戈　　　　5字

貞松　11.28-29

三代　19.40.1

252　事孫戈（《邱集》8282、《嚴集》7425）

　　本戈銘文五字，羅振玉釋爲「事孫□丘戔」（《貞松》11.28.3），可從。「戈」字從金旁，人名迻接器名，皆爲齊系戈銘特徵，因疑此爲齊系兵器。

6773	8282
事孫戔	5字
貞松　11.28-29	
三代　19.42.1	

253　君子戈（《邱集》8337、《嚴集》7470）

本戈銘文在援、胡間，字體由小而大、全銘字數難辨。羅振玉釋爲「君子友□□□」（《貞松》12.4），黃盛璋釋爲「君子羽□造戠（戟）」。[註372] 第一字羅振玉摹爲「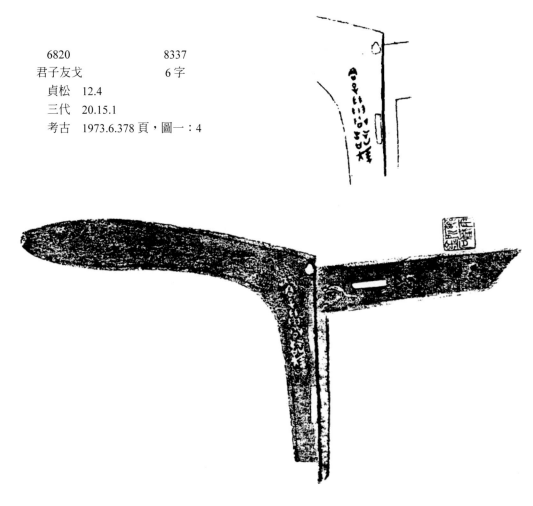」形，釋爲「君」，可從。「子」下、「戠」上之銘，舊皆以爲二字，惟此與例090銘文第三字作「」略似，或爲一字，亦未可定。銘文最末一字作「」，殆即「戠（戟）」字之反文，此體多見於齊戈銘文，因疑此爲齊系兵器。

6820　　　　　　　　8337
君子友戈　　　　　　6字
貞松　12.4
三代　20.15.1
考古　1973.6.378頁，圖一：4

〔註372〕黃茂琳（即黃盛璋）：〈新鄭出土戰國兵器中的一些問題〉，《考古》1973年第6期，頁378。

254　羊角戈（《邱集》8306、《嚴集》7447）

　　本戈銘在胡部，羅振玉釋爲「羊□亲艐簓戈」（《貞松》11.30）。第二字孫稚雛隸定爲「㲋」，〔註373〕于省吾隸定爲「角之」二字（《劍吉》下18）。就銘文行款以辨，于釋較長。「羊角」爲複姓，戰國時有羊角哀，見〔宋〕鄧名世《古今姓氏辨證》。第六字作「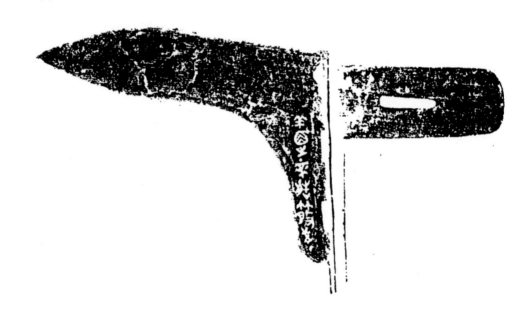」，亦見於散伯簋，當釋爲「散」。「散戈」一詞，爲齊戈銘文特徵（詳例087「陳散戈」），因疑此亦齊器。

6794	8306
羊㲋亲艐簓戈	6字
貞松　11.30	
劍吉　下18	
三代　19.45.1	

255　右庫戈（《邱集》8182、《嚴集》7348）

　　本戈內末銘文二字，羅振玉釋爲「右軍」（《三代》卷20〈目錄〉），羅福頤（《代釋》4648）從之。然第二字作「庫」，上從「广」旁，當釋爲「庫」。「右庫」爲冶鑄作坊，多見於三晉兵器，參例154鄭右庫戈。

〔註373〕孫稚雛：〈郏㽙果戈銘釋〉，《古文字研究》第七輯，頁107。

6694 8182
右庫戈 2字
三代 20.4.2

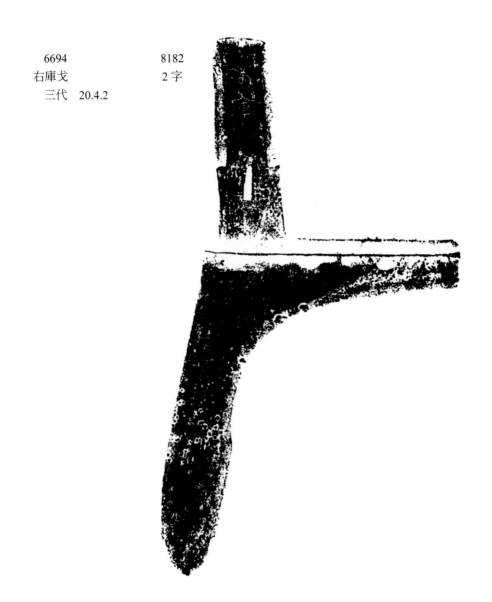

256 大紽戈（《邱集》8253）

此戈 1935 年河南汲縣山彪鎮一號墓出土，援之基部銘四字，另面銘一字，均爲錯金鳥書，發掘報告執筆人郭寶鈞從王獻唐釋爲「大絁（紽）鑄戈・旨」，[註374] 高明復據此釋文，考證「大紽」即魏襄子多之名，謂此墓年代當在戰國初年。[註375] 巴納則謂原報告之附圖質劣，摹文失眞，以爲戈銘前二字當與《周金》6.107.2 殘劍銘文相同（附圖 256：1），遂修正摹文前二字（附圖 256：2），

〔註374〕郭寶鈞：《山彪鎮與琉璃閣》，頁 25。

〔註375〕高明：〈略論汲縣山彪鎮一號墓的年代〉，《考古》1962 年第 4 期，頁 214-215。

故釋爲「蔡未（叔）」。〔註376〕巴納據質劣之照片，修正目驗該器者之摹文，基礎固未堅實，然校勘此戈原摹文與《周金》6.107.2 殘劍銘拓，二者確然酷似，是其說非無可能。此戈摹文既有失眞之虞，是以釋文姑從闕。

　　6752　　　　　　8253
　　大紀戈　　　　　正面 4 反面 1
　　考古　1962.4.214 頁圖二
　　山彪鎭 25 頁；圖版貳肆.1

附圖 256：1　　　　　　　　　　　　附圖 256：2

　　　　　　　　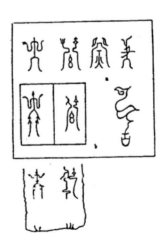

〔註376〕諾・巴納撰，翁世華譯：〈評鄭德坤著中國考古學卷三：周代之中國（上篇）〉，《書目季刊》第 5 卷第 4 期，頁 34-38。

257　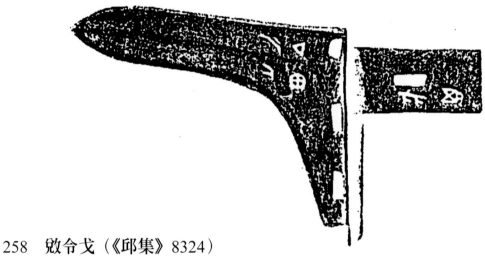戈（《邱集》8255、《嚴集》7405）

此戈輝縣趙固一號墓出土，近援本處有銘文作「ᐁイ⊕ᄀ」形，內末近下緣處有銘文作「」形，俱不可識。

```
6754              8255
[圖]戈            援 4 內 2 字
輝縣發掘報告    圖版捌玖：3.1
```

258　敚令戈（《邱集》8324）

本戈 1956 年四川成都北郊洪家包西漢墓出土，原報告云：

> （本戈）長胡，刃內及側闌上有方穿。內上有文字，銹蝕不能辨識，當是漢初或秦的遺物。〔註377〕

孫貫文釋云：

> 第一字不識，乃地名。第二字爲命，假爲縣令之令，第三、四字爲縣令姓名，姓長名某，長姓多見於古璽。第五字爲工匠職稱，近人或釋冶。第六字爲匠人之名，字不識。據此戈銘文字及文例，當非漢初或秦的遺物，而應屬戰國。〔註378〕

據拓本觀之，第一字似作「敚」形，疑可釋「敚」，在此用爲都邑名。1977 年

〔註377〕四川省文物管理委員會：〈成都北郊洪家包西漢墓清理簡報〉，《考古通訊》1957
　　　　年第 2 期，頁 4。

〔註378〕孫貫文：〈金文札記三則〉，《考古》1963 年第 10 期，頁 563。

湖北益陽赫山廟出土一戈，銘云：「烖作楚王戈」，[註379]「烖」字於此用爲人名。第五字作「公」形，確爲「冶」字。以「令」爲監造者，「冶」爲實際製造者，此乃三晉兵器辭例特徵，孫貫文謂本戈爲戰國器，其說可從。

6810　　　　　　8324
兪令戈　　　　　6字
考古通訊　1957.2.
　圖版貳：3，4頁圖三

259　四年戈（《邱集》8363、《嚴集》7493）

本戈銘文由胡末向援脊逆書，云：「四年，州工帀（師）明、冶無」。本戈紀年劉體智釋爲「十四年」（《小校》10.47.2），惟銘拓似未見「十」字。左行第一字作「天」，爲「工師」二字合文，劉體智釋爲「寮」，非是。「州」爲本戈之鑄地，黃盛璋云：

> 《戰國策・齊策五》：「楚人救趙而伐魏，戰於州，西出梁門，軍舍林中，馬飲於大河。」案：州本周地，後以與晉，……古州城即今沁陽東南五十里武德鎮無疑。林中也屬魏地，見《史記・蘇秦傳》，故州在戰國後期亦必屬魏。[註380]

惟本戈辭例簡單，與戰國末期三晉兵器辭例之繁複有別，復由字體與器形以辨，其時代當在戰國末期之前，此時州地未審是否已入於魏？

[註379] 周世榮：〈湖南出土戰國以前青銅器銘文考〉，《古文字研究》第十輯，頁253。

[註380] 黃盛璋：〈三晉兵器〉，頁33-34。

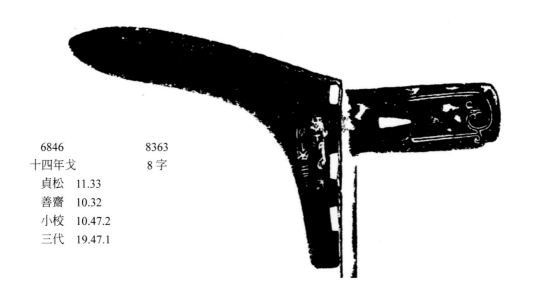

6846　　　　　　8363
十四年戈　　　　8字
　　貞松　11.33
　　善齋　10.32
　　小校　10.47.2
　　三代　19.47.1

260　七年戈（《邱集》8373、《嚴集》7503）

本戈銘在內末，云：「七年尋工戈、冶左勿」。古文字「七」、「十」兩字每不易分辨，本銘第一字羅振玉（《貞松》12.5）、羅福頤（《代釋》4686）釋爲「十」，孫稚雛釋爲「七」（《孫目》6856），似以釋「七」較長。第三字作「昬」形，與中山王嚳壺、鄂君啓舟節「得」字之結體相同，當釋爲「尋（得）」。「得」字甲骨文作「🔲」（《粹》262），象以手取貝之形，故引申而有取得之意。「得」字所從之貝，戰國文字中多訛爲從目。「尋工」一詞，戰國器銘習見，如1982年山東棗莊市出土一劍，黃盛璋釋云：

> 十年旦＝（尋工）嗇夫杜相女（如）、左旦（尋工）工師韓阳、冶尹朝撻齊（劑）。

黃文復云：

> 本劍銘開首即列「嗇夫」，下文又有「左尋工工師」，則尋工嗇夫當總管左、右尋工，爲尋工最高長官，三晉兵器銘刻中工師皆爲主造者，相當於庫工師，左尋工相當於庫，爲具體製造器物地方，設有冶作坊，因而設有工師與冶工。〔註381〕

〔註381〕黃盛璋：〈關於魯南新出趙尋工劍與齊工師銅泡〉，《考古》1985年第5期，頁460。

「冶」爲實際作業工匠，其下未見細分爲「冶左」、「冶右」之例，故本銘「冶」字下之「左勿」，蓋爲「冶」之私名。

6856　　　　　　　　8373
七年戈　　　　　　　8字
　貞松　12.5
　三代　20.20.1

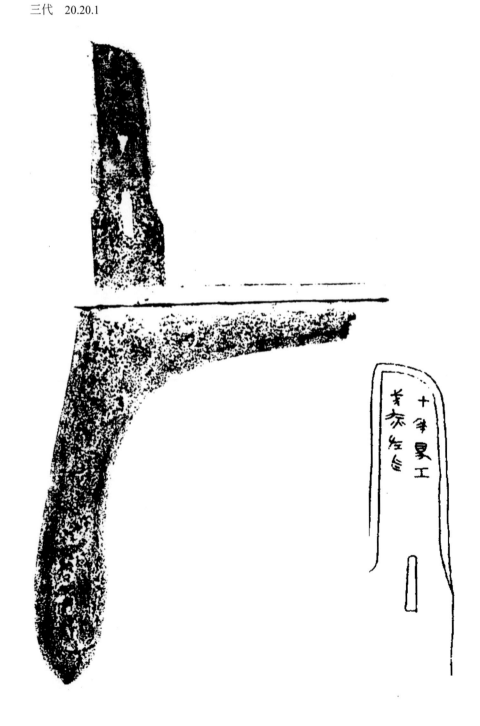

261　虎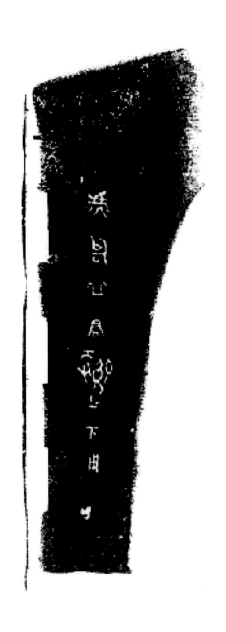丘君戈（《邱集》8377）

本戈爲琉璃閣第 80 號墓所出，墓之時代約當春秋晚期。〔註382〕胡上銘文八字，云：「虎□丘君□之元用」。「虎□丘君」殆即墓主之名，本戈爲其所監造。

6858／c　　　　　8377
虎丘君戈　　　　8 字
山彪鎭 57 頁圖 25

〔註382〕江村治樹：〈春秋戰國時代の銅戈・戟の編年と銘文〉，《東方學報》第 52 冊，頁79。

262 子孔戈（《邱集》8388）

本戈 1957 年河南陝縣后川第 2040 號東周墓出土，[註383] 戈胡有錯金銘文十字，分列爲二行，自左行起讀，與常制自右行起讀者異，銘云：「子孔罪（擇）秊（厥）吉金，鑄其元用」，「子孔」作器者名。「擇厥吉金」爲彝銘習用語，兵器銘文僅見三例，此其一；另一爲 1973 年襄陽蔡家坡所出「徐王義楚之元子劍」，劍銘：「郐（徐）王義楚之元子杏，罪（擇）其吉金，自乍用劍。」；[註384] 另一爲例 310「□克戈」。以「鑄」字表製造義，亦爲彝器銘文用語。兵器銘文表製造義，多用「造」字或「乍」字，用「鑄」字者僅見三例，除本戈與例 310「□克戈」外，尚見於陝西出土之郿邑戈，戈銘：「寥金良金以鑄郿邑戈」。[註385] 上列三戈之辭例，皆與彝銘相近。由銘文辭例觀之，本戈殆爲儀仗器。戈銘錯金，發掘簡報謂其時代約當春秋晚期，蓋銘文錯金之習此時正盛。

```
6867              8388
子孔戈             10 字
考古通訊  1958.11.
  75 頁圖四：2
```

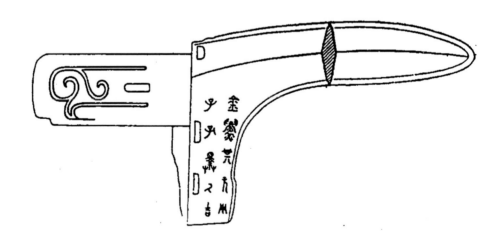

〔註383〕黃河水庫考古工作隊：〈1957 年河南陝縣發掘簡報〉，《考古通訊》1958 年第 11 期，
　　　　頁 74。

〔註384〕李瑾：〈徐楚關係與徐王義楚元子劍〉，《江漢考古》1986 年第 3 期，頁 37。

〔註385〕程長新、張先得：〈歷盡滄桑，重放光華——北京市揀選古代青銅器展覽簡記〉，《文
　　　　物》1982 年第 9 期，頁 26。

263 六年□令趙□戈（《邱集》8378）

本戈 1972 年河北邯鄲市出土，初載於《河北選集》102。內末刻銘數字，《河北選集》編者釋為「六年邯倫（令）肖□，下庫工市（師）□□」。李學勤、鄭紹宗據出土地、「工市」二字合文、及令為趙姓三特徵，斷為趙器。〔註 386〕其說或是，惟趙姓實不限於趙國方有，如新鄭韓兵亦曾數見（例 161－163），是以猶難確證必為趙器。

```
6858／d          8378
刻銘銅戈          存 8 字
河北   102
```

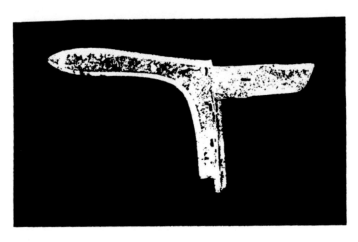

〔註386〕李學勤、鄭紹宗：〈論河北近年出土的戰國有銘青銅器〉，《古文字研究》第七輯，頁 130-131。

264　三年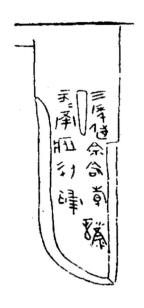余令韓譴戈（《邱集》8398、《嚴集》7524）

本戈內末刻銘：「三年、𤰊余命（令）韓譴、工帀（師）𤰊痳、冶𤰊」。第三字作「𤰊」形，黃盛璋隸定爲「脩」，謂戈銘「脩余」即韓邑「脩魚」。[註387]然「脩」字从攸，「攸」字作「𤰊」（頌鼎），左从人，與本銘所从有別，黃說待商。《小校》10.54.3 戈銘與本戈同，「冶」字作「𤰊」形，而本戈則作「𤰊」形，因知「十」爲「火」旁之訛省，「刂」乃「刃」旁之變體。

6877	8398
三年𤰊余令戈	12 字
貞松　12.7	
貞圖　中70	
小校　10.54	
三代　20.25.1	
遺珍　（1920／30）38	
弘齋　（1950）.30.7	
彙編　6.450.（420）	

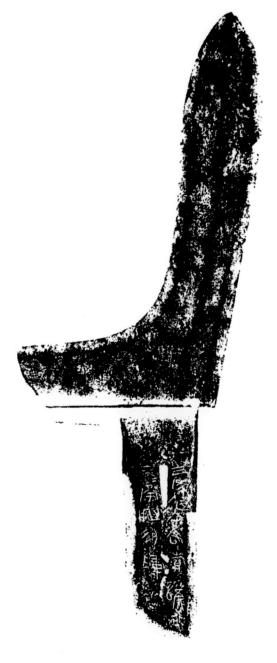

〔註387〕黃盛璋：〈三晉兵器〉，頁15。

265 四年戈（《邱集》8397、《嚴集》7523）

本戈初載於《錄遺》579，編者于省吾註云：「十二字」，然刻銘筆畫纖細，拓片不清，筆者所能辨者，唯銘首「四年命」，及左行倒數第二字「冶」字。黃盛璋參照原器照片，釋云：「四年命（令）韓謹，右庫工帀（師）**夌**、冶□」，並謂與例 264 為同地所造，皆屬韓器，未審其說當否？〔註388〕

6876　　　　　8397
四年戈　　　　12 字
　錄遺　579

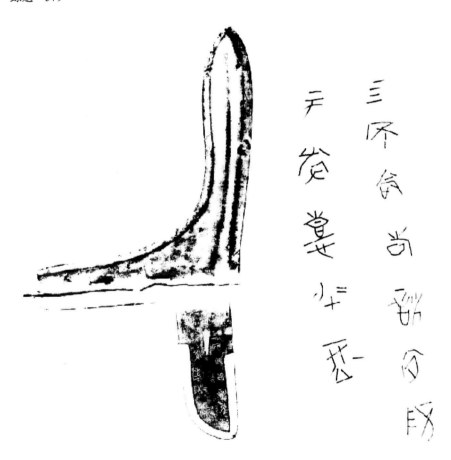

〔註388〕黃盛璋：〈三晉兵器〉，頁 15。

266 卅二年䇓令初戈 (《邱集》8408、《嚴集》7533)

本戈內末刻銘:「卅二年䇓端（令）初左庫工帀（師）臣冶山」。第四字為縣邑名，黃盛璋隸定作「業」，云：

> 「業」即「鄴」,《史記‧魏世家》:「西門豹守鄴」，又〈信陵君傳〉:
> 「魏王恐，使人止晉鄙，留軍壁鄴」，趙悼襄王六年「魏與趙鄴」，
> 但三年後,「秦攻鄴拔之」(均見〈趙世家〉)，是屬趙時短，而屬魏
> 時長。此戈有「卅二年」，故知非入趙後所造。魏有三十二年以上，
> 只有惠王與安釐王，戈之年代只能屬此兩王。〔註389〕

然「業」字《說文》古文作「𣕚」，晉公盨作「𣕛」，中山王嚳壺作「𣕜」，皆與本銘作「䇓」有別。本銘第四字，究係「業」字變體，抑別為一字，猶待商榷。

6886	8408
卅二年䇓令戈	13字
綴稿 8.31	
奇觚 10.27	
周金 6.7 前	
簠齋 四古兵器	
小校 10.52.3	
三代 20.23.1	

〔註389〕黃盛璋:〈三晉兵器〉，頁 30-31。

267 □言令戈（《邱集》8409、《嚴集》7534）

本戈銘文，係以長方形印戳打印而成，故銘文四周遺有壓印之痕迹。「令」字下預留空格，令之名則爲器成後加刻。此一現象，黃盛璋云：

> 用印戳打印說明此地兵器成批生產，令的名字空著不刻，推測此種印戳準備長期使用，監造者即有更易，仍不影響使用，這是兵器大量生產所造成的結果。〔註390〕

戈銘分列爲二行，黃盛璋釋云：「□言命（令）司馬伐、右庫工市（師）高反、冶□」，並謂「此戈可能是趙器，但第一字殘缺，無法考訂。」〔註391〕

案：1979 年遼寧建昌曾出一「言命戈」，銘文亦爲鑄款，同出有「易匕」平首尖足布。〔註392〕平首尖足布爲趙幣之主要特徵，胡振祺云：

> 出土尖足布的地點均在戰國時的趙國境內，這說明平首尖足布的流通區域，主要在趙國境內。〔註393〕

故遼寧建昌所出「言令戈」，蓋爲趙器，而本戈與之同爲「□言令」所監造，蓋亦爲趙器。

〔註390〕黃盛璋：〈三晉兵器〉，頁 35。

〔註391〕同上註。

〔註392〕馮永謙、鄧寶學：〈遼寧建昌普查中發現的重要文物〉，《文物》1983 年第 8 期，頁 67。

〔註393〕胡振祺：〈再談三晉貨幣〉，《中國錢幣》1984 年第 1 期，頁 70。

6887　　　　　　　8409
□旨戈　　　　　　13字
錄遺　580

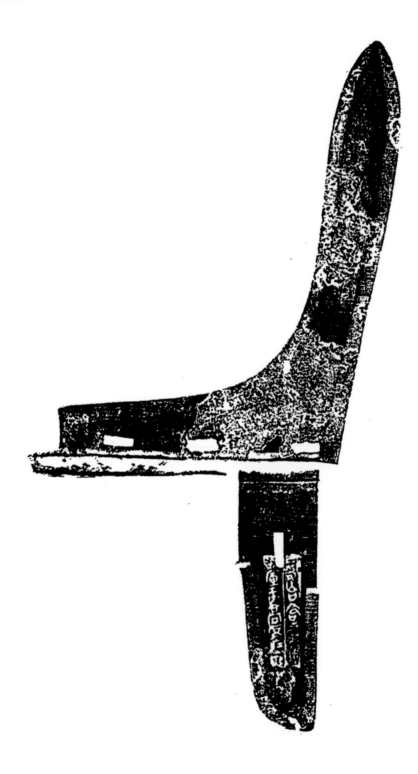

268 廿三年□陽令奠戲戈（《邱集》8374、《嚴集》7504）

本戈銘文分見於內末及胡，內末云：「廿三年，□陽命（令）奠戲」，胡云：「工市（師）□瞢罍、冶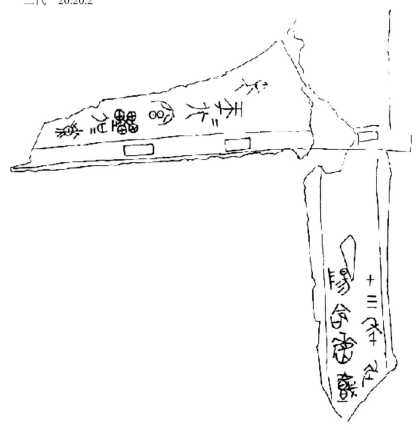」。本銘之紀年，鄒安釋爲「廿三年」（《周金》6.6.2）、羅振玉（《夢郼》中17）、孫稚雛（《孫目》6857）從之。劉體智釋爲「十三年」（《小校》10.55.2），羅福頤（《代釋》4687）從之。案：第一字作「十」，而偏於該行左側，與其下「三」字之左端齊平，而其右側適當蝕痕所在，疑原作「廿」，蝕泐以致與「十」字形近。第四字左旁疑爲「毓」字殘文，「□陽」爲本戈之鑄地。「奠戲」爲令之名，「□瞢罍」爲工師之名，「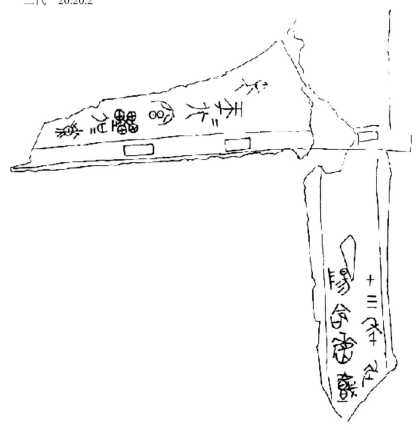」爲冶工之名。

6857　　　　　　　8374
廿三年□陽令戈　　內8胡7字
　周金　6.6後
　夢郼　中17
　小校　10.55.2
　三代　20.20.2

269 四年汪匋令富守戈（《邱集》8409b、《嚴集》7535）

本戈胡部銘文二行，云：「四年，□匋命（令）富守、下庫工帀（師）王喜、□□」。本戈之紀年，羅振玉於《貞松》12.8 釋爲「四年」，於《貞圖》中 65 則釋作「十三年」，羅福頤釋作「四年」（《代釋》4692），孫稚雛則釋作「三年」（《孫目》6888）。案：筆者所見之拓影，蝕泐難辨，若據《貞松》12.8 之摹文，則以釋作「四年」爲是。「令」上二字爲本戈鑄地之名，其中第三字泐不可辨，第四字作「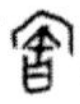」，从宀、从缶，與仲盤「寶」字作「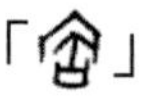」相近，「」中加横，爲文字習見現象，二者同字，當釋作「匋」，仲盤則假「匋」爲「寶」。「令」下二字爲令之名，羅福頤釋作「軍守」。第六字作「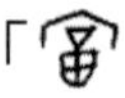」，从宀、从畐，當釋作「富」。中山王譽鼎銘云：「毋富而喬（驕）」，「富」字作「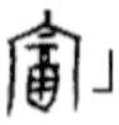」，與戈銘相近，可證。第七字作「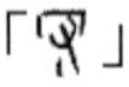」，从宀、从寸，羅釋爲「守」，可從。「下庫」爲兵器冶鑄作坊，亦見於「三年㝬令劍」，此劍黃盛璋考定爲趙國器。〔註 394〕戈銘末二字，泐不可辨，依銘文辭例，殆爲「冶□」二字。

6888 8409b
三年汪陶令戈 存 13 字
貞松 12.8
貞圖 中 65
三代 20.24.2

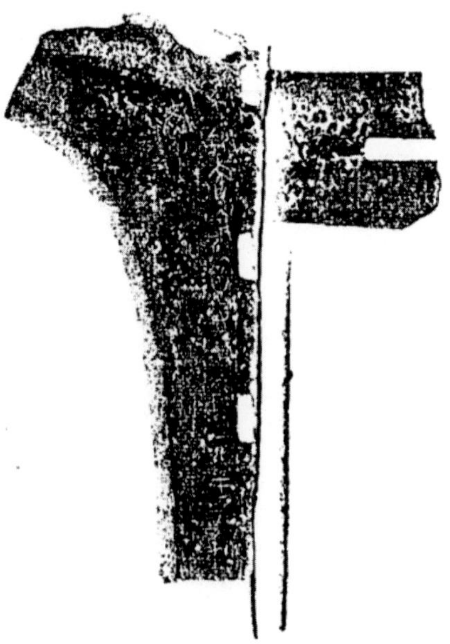

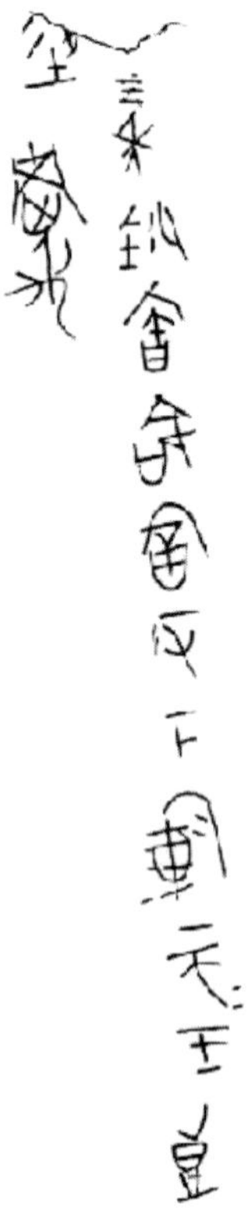

〔註 394〕黃盛璋：〈三晉兵器〉，頁 28。

270　十六年喜令韓銅戈（《邱集》8426、《嚴集》7549）

　　本戈內末刻銘：「十六年喜佲（令）韓銅、左庫工帀（師）司馬裕、冶何」。「十」字虗中作「ф」，亦見於例 137「十三年正月戈」。工師之姓作「⿰貝」，為「司馬」二字合文，省「司」字之口，而於右下加合文符「＝」以表之。「命」字從人作「佲」，「冶」字作「⿱坐」。縣令為韓姓，皆見於新鄭韓兵，疑此亦韓戈。

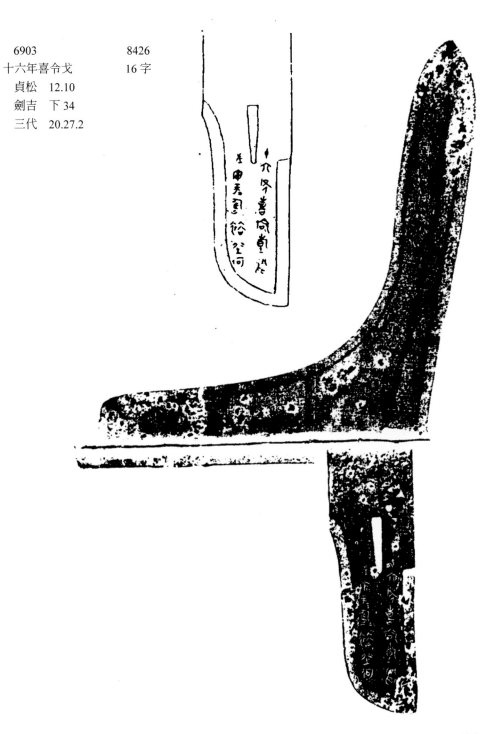

6903　　　　　8426
十六年喜令戈　　16 字
　貞松　12.10
　劍吉　下 34
　三代　20.27.2

271 王三年馬雍令史吳戈（《邱集》8431）

本戈銘云：「王三年、馬雍命（令）史吳、武庫工帀（師）瘷□、冶萃叡（造）。□」。邑名「馬雍」，典籍未載，惟亦見於三晉地區所出之平首方足布。〔註395〕「叡」字，舊皆未識，茲以辭例衡之，知與「叡」爲一字，當釋作「造」，詳〈研究篇〉第四章「釋造」。

6907   8431
王三年馬雍令史吳戈   17 字
陶齋 5.38

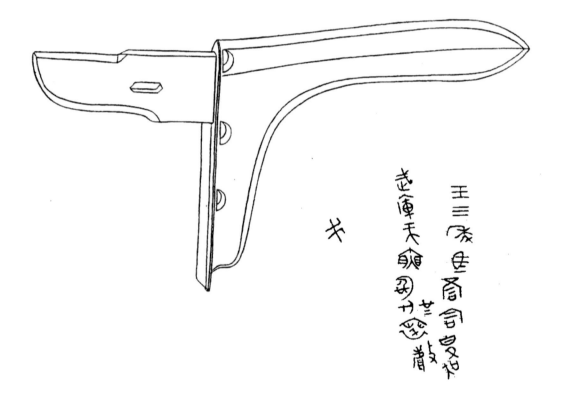

〔註395〕胡振祺：〈再談三晉貨幣〉，《中國錢幣》1984 年第 1 期，頁 72。

272　鵬戈（《邱集》8123、《嚴集》7300）

273　鵬戈（《邱集》8088）

　　例 272 銘文「鵬」字，孫常敍謂與鵬公劍「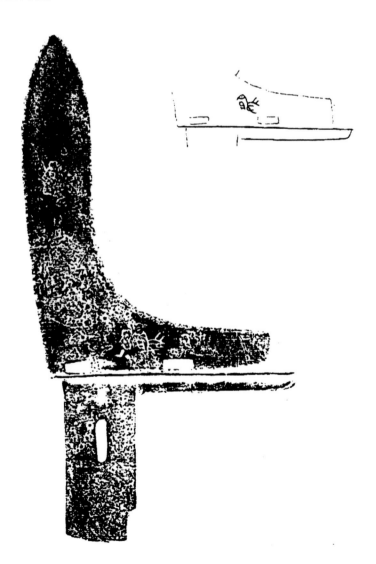」（《邱集》8631）、闡丘戈「」（例 076）爲一字，皆當釋爲「鷹」，而假爲應國之「應」，其說非是，詳例 076「闡丘戈」。例 273 銘一「鳴」字，而其形制，銘文部位與例 272 無異，殆爲一字之或體。

```
6648                8123
鵬戈                胡上 1 字
　貞松　11.22
　三代　19.26.3
　考古　1962.5.266 頁圖二
```

6614／1　　　　　8088
睢戈　　　　　　1字
　對氏　（1900）42
　彙編　9.891.（1666）

274　![戈](《邱集》8121、《嚴集》7298）

　　本戈短胡，內無穿孔，當係西周初期器，內末銘一「![字]」，象人蹲踞之形，殆爲氏族徽號。

　　　　6646　　　　　　　8121
　　![字]戈　　　　　　內上 1 字

　　　劍吉　下 16
　　　三代　19.26.1

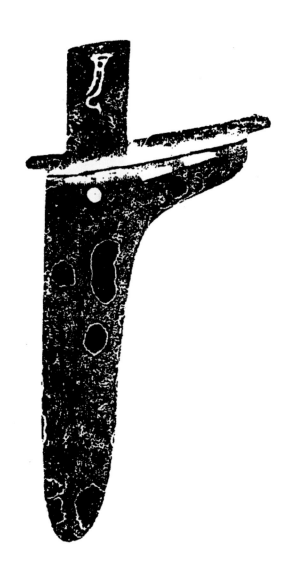

275　薜戈（《邱集》8125、《嚴集》7302）

本戈內銘一字，作「薜」形，適當納柲處，于省吾、姚孝遂因之斷爲僞銘，然其說頗爲可疑，詳〈研究篇〉第三章第二節。

本戈初載於《貞松》11.22.3，羅氏命之曰「薜戈」，隸定其銘爲「薜」；其後諸家之命名皆沿羅氏之舊，如《孫目》、《邱集》、《嚴集》即是。然羅氏之隸定及命名皆有可議，「薜」字所从之「辟」，金文習見，作「辟」（盂鼎）、或「辟」（商尊）、或「辟」（師訇鼎），左形與本銘相去甚遠。由羅氏銘文隸定與器名用字不符觀之，隸定作「薜」者，殆一時筆誤。羅氏所以命之曰「薜戈」，必以戈銘爲「薜」字，然「薜」字金文作「薜」（薜侯盤），亦與戈銘迥異，顯非一字。戈銘此字不識，疑爲地名。

```
6650              8125
薜戈              內上 1 字
  貞松　11.22
```

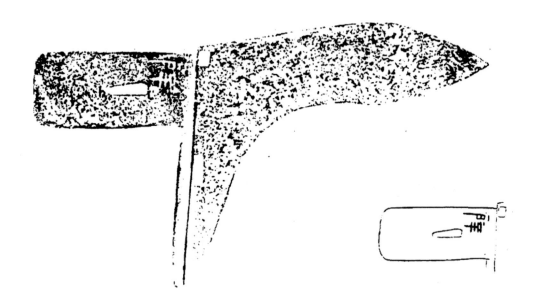

276　東戈（《邱集》8126、《嚴集》7303）

　　本戈內末銘文一字，作「」形，劉心源釋爲「隺」（《奇觚》10.6.2），鄒
安（《周金》6.55.2）、劉體智（《小校》10.9.2）從之。甲、金文未見「隺」字，
然猶存於「虢」字偏旁，作「」（毛公鼎）、「」（秦公簋），與戈銘結體迥
殊，知非一字。此銘方濬益隸定爲「東」，謂即「陳」字之省，復謂此當係田齊
所作器（《綴遺》30.24）。戈銘此字確當釋「東」，如甲骨文作「」（《京津》
4392）、「」（《鄴三》下42.8），陶文作「」（《周》72.8）、「」（周57.6），
又如陳　戈（例100）「陳」字所從即作此體。惟方氏以此爲「陳」字省文則有
可商，「東」字古音端母東部，「陳」字澄母眞部，聲韻俱遠，金文「東」字作
「」（保卣），「陳」字作「」（陳逆簋），截然分用，方位詞之「東」無一
可作田齊之「陳」解者，文獻所見亦然，是以本戈之國屬猶待徵考。

```
6651                8126
戈                   內上1字

綴遺    30.24
奇觚    10.6
周金    6.55 後
簠齋    四古兵器
小校    10.9.2
三代    19.28.1
```

277　涉戈（《邱集》8128、《嚴集》7307）

本戈內末銘一「涉」字，疑爲地名。

6653　　　　　　　8128
涉戈　　　　　　　內上1字
　貞松　12.1
　三代　20.1.1

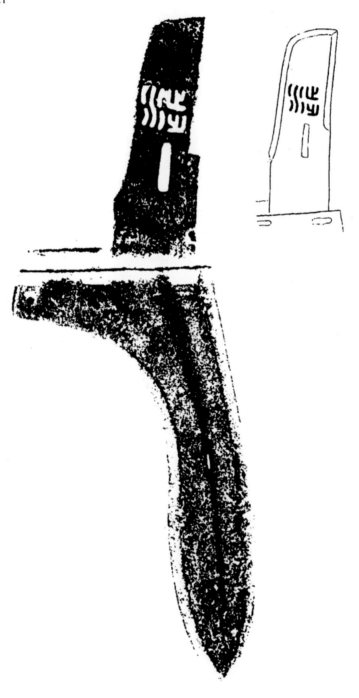

278　右戈（《邱集》8129、《嚴集》7308）

本戈內末銘一「右」字，疑爲地名。

6654　　　　　　8129
右戈　　　　　　內上1字
　三代　20.1.2

279　亦車戈（《邱集》8119、《嚴集》7295）

　　本戈銘在戈內，作「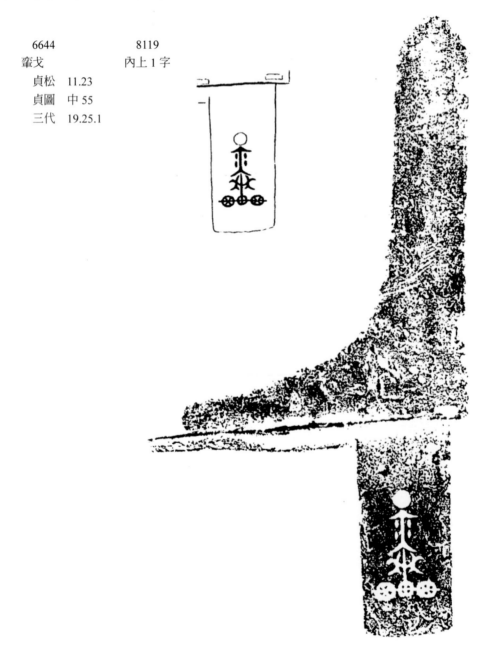」形，初載於《貞松》11.23.1，編者羅振玉註云：「銘有二字」，並隸定爲「□車」，其後羅氏復以之著錄於《貞圖》中55及《三代》19.25.1，並註明銘僅一字。然由「亦車矛一」（《邱集》8491－8492；附圖279：1），〔註396〕銘文「大」、「」皆分鑄於矛箭正、背兩面以觀，戈銘疑爲二字，「大」殆「亦」字或體。

```
6644                8119
鞏戈                 內上1字
貞松　11.23
貞圖　中55
三代　19.25.1
```

―――――――――

〔註396〕《邱集》8491、8492 爲同一器之正、背兩面，邱德修誤分爲二器。

附圖 279：1

6961／d 8491
車矛 1字
巖窟 上 24 頁圖 24 右

6961／e 8492
亦矛 1字
巖窟 上 24 頁圖 24 左

280 陽<img_2>戈（《邱集》8157、《嚴集》7324）

本戈胡部銘文二字，上字作「陽」形，當是「陽」字，下字作「<img_3>」形，不識。「陽□」疑爲地名。

```
6669                8157
陽<img_4>戈            胡上 2 字
  錄遺  562
```

281 守易戈（《邱集》8165、《嚴集》7331）

本戈內部有銘文二字。第二字作「易」形，諸家咸隸定作「易（陽）」，無異辭。第一字作「守」形，鄒安隸定爲「安」（《周金》6.50.1）；劉體智（《小校》10.14.1）、柯昌濟（《韡華》癸 4.2）、羅振玉（《三代》19.30.1）、孫稚雛（《孫目》6677）則隸定爲「守」。金文「安」字作「安」（爰尊）或「安」（國差𦉜），「守」字作「守」（守宮卣）或「守」（大鼎），視諸本銘上一字，與「安」字迥殊，而與「守」字全同，用知此字當隸定作「守」。

戈銘「守易」二字，柯昌濟云：「守陽，地名，疑首陽。」「首陽」之地望，《史記集解》引馬融云：「首陽山，在河東蒲阪華山之北，河曲之中。」（〈伯夷列傳〉），錢穆云：「首陽乃首山之陽耳，後世紛紛有首陽山，皆附會依託不可據。」

〔註397〕《史記集解》引晉灼云：「〈地理志〉首山屬河東蒲阪」，殆即錢說所本。惟詳審戈之形制，長胡，胡上有三子刺，援脊顯明，脊棱兩側有寬大血槽，內末有鋸角，與「郾侯脮乍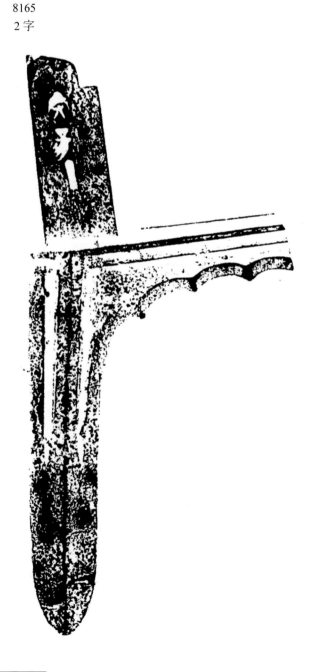萃�」（例109）、「郾王詈戈」（例126）極似，疑本戈亦爲燕器，則銘文「守易」未必即爲河東蒲阪之「首陽」。惟戈銘字體與習見之燕國文字亦復不同，故未敢斷言必爲燕器。

6677 8165
守易戈 2字
　周金　6.50 前
　夢郼　中 4
　小校　10.14.1
　三代　19.30.1

〔註397〕錢穆：《史記地名考》，頁 78。

282　白秵戈（《邱集》8169、《嚴集》7337）

　　本戈內部銘文，可隸定爲「白秵」。劉心源云：「陳壽卿器，內銘三字，蝕一字。白，姓；秵，名。秵，《龍龕手鑑》音科。」（《奇觚》10.9.1），惟據銘拓觀之，僅有二字而已。「白」未必爲姓氏字，爲侯伯字或伯仲字之可能尤大。「秵」字亦見於鄫侯簋（《山東》莒 2.1），簋銘云：「鄫侯少子秵」，「秵」爲私名；戈銘此字當亦爲私名。

6681　　　　　　8169
白秵戈　　　　　2字
　奇觚　10.9
　周金　6.48 後
　小校　10.18.1
　三代　19.31.3

283 陽右戈（《邱集》8177、《嚴集》7443）

本戈內末銘「陽右」二字，疑爲地名。

6689　　　　　　8177
陽右戈　　　　　2字
三代　20.2.2

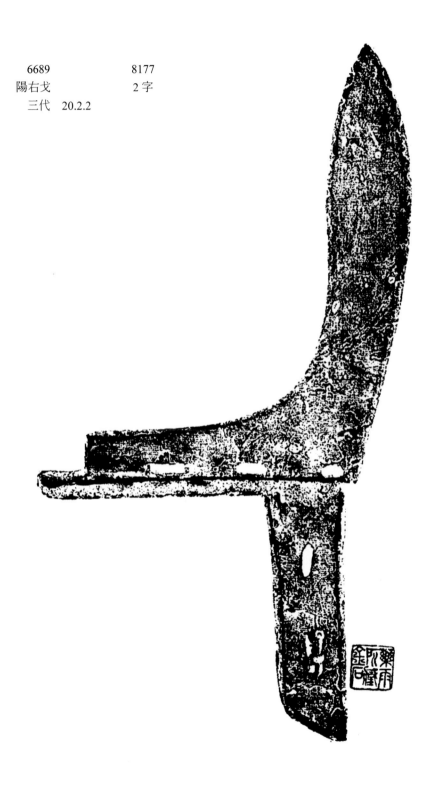

284　用車戈（《邱集》8180、《嚴集》7346）

銘二字在殘內上，作「用車」形。第一字羅振玉隸定爲「用」（《三代》卷20〈目錄〉），然「用」字甲、金文習見，無作斯形者，說不可從。第二字从臼、从車，不識。

```
        6692            8180
        用戈             2 字
        貞松   12.1
        三代   20.3.3
```

285 右卯戈（《邱集》8181、《嚴集》7347）

本戈內末銘「右卯」二字，疑爲地名。

6693	8181
右卯戈	2字
綴遺 30.9	
奇觚 10.7	
周金 6.49 前	
簠齋 四古兵器	
小校 10.17.2	
三代 20.4.1	

286　吾宜戈（《邱集》8183、《嚴集》7349）

　　本戈內末刻銘二字，當隸定爲「吾宜」。二字刀法有別，「吾」字筆畫寬而深，「宜」字細而淺，劉心源謂「宜，人名。吾字刀法不穩，決爲後人加鑴者。」（《奇觚》10.7.1），「吾」字亦見於四年相邦樛斿戈（例 194）之背銘，李學勤謂乃該器置用處之地名，〔註398〕二者結體風格全同，第二字作「圓」，從宀、從且，當隸定爲「宜」，劉心源謂此乃人名，其說或是。山西長治分水嶺所出之「宜乘之棗戟」（例153），黃盛璋亦謂此「宜」字爲姓氏字。〔註399〕

```
6695              8183
吾宜戈             2字
  綴遺   30.29
  奇觚   10.7
  周金   6.49 後
  簠齋   四古兵器
  小校   10.18.3
  三代   20.5.1
```

〔註398〕李學勤：〈戰國時代的秦國銅器〉，《文物參考資料》1957 年第 8 期，頁 40。

〔註399〕黃茂琳：〈新鄭出土戰國兵器中的一些問題〉，《考古》1973 年第 6 期，頁 380。

287　冶甍戈（《邱集》8184、《嚴集》7350）

本戈胡部銘文二字，第一字當釋爲「冶」，爲冶鑄工匠之職稱。第二字爲冶之私名，姑隸定爲「甍」。

6696　　　　　　　8184

北得戈　　　　　2字

奇觚　10.8

周金　6.48 前

善齋　10.15

小校　10.19.1

安徽金石　16.3

三代　20.5.2

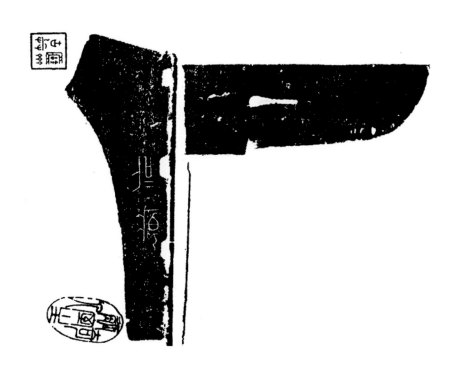

288　鑯鏄戈（《邱集》8185、《嚴集》7351）

本戈胡部銘文，作「鑯鏄」形，劉體智釋爲「鑯鏄」（《小校》10.19.2），徐乃昌（《安徽金石》16.2.2）從之。戈銘第一字右旁从金，左旁與盇壺「獵」字作「𤞞」、蔡侯龘尊「獣」字作「𤠉」形近，故隸定爲「鑯」。戈銘第二字，與䡾鏄之「鏄」字作「鏄」相比，二者偏旁全同，惟位置經營略異，舊隸定爲

「鏄」亦有可能。然「鑯鏄」二字，究係地名、人名、抑表本戈之功能特性，難以論定。

　　本戈曾先後著錄於《善齋》10.17.，《小校》10.19.2.，《安徽金石》16.2.2.，前二者爲拓片，後爲摹圖，就此三處著錄以觀，戈胡皆未見穿孔，此殆爲土銹所掩。如「宋公䜌戈」（例065），《劍古》上43所載胡部僅見一穿，而《上海博物館藏青銅器》86.所載則有三穿，此係《劍古》所載者爲土銹剔之未盡之狀。設若上述揣測有誤，則此戈必出自無識商佑僞造之劣品。因戈胡之設，即以其有穿可供縛繩之用，穿與胡並生，有胡必有穿，胡愈長則穿愈多。戈胡苟無穿孔，則於句啄之際，未縛繩之胡極易偏離戈柲，致戈頭傾仄，不便於用，甚者，將使縛繩受扯斷裂，終致戈頭脫落，故戈胡必有穿，無穿者必僞。由是以思，「鑯鏄戈」胡穿若非遭土銹所掩，則可斷言必係僞品，二者當居其一。

　　6697　　　　　　　8185
　　鑯鏄戈　　　　　　2字
　　　安徽金石　16.2後

289 　■戈（《邱集》8188、《嚴集》7352）

此戈內作鉤狀，刑台大汪莊一號墓出土銅戈亦見此制，時代不早於春秋晚期。〔註400〕此類戈制，劉體智（《小校》10.61.1）、羅振玉（《夢郭》中18）謂之「鷄鳴戟」。銘二字，在胡，羅振玉（《三代》卷 20〈目錄〉）、羅福頤（《代釋》4651）殆以字不可識，故於器名但摹寫作「■」，容庚則摹寫作「山◆」（《金文編》「器目」），未審孰是。

```
6698              8188
■戈               2 字

周金   6.60 後
夢郭   中 18
小校   10.61.1
三代   20.6.1
```

〔註400〕刑台大汪莊一號墓所出鉤內狀戈，江村治樹列爲春秋晚期器，詳氏著：〈春秋戰國時代の銅戈・戟の編年と銘文〉，《東方學報》第 52 冊，文中所附〈春秋戰國中原地域出土銅戈、戟編年表〉。

290　告戈（《邱集》8191）

本戈摹文初載於《彙編》967，銘二字，當隸定爲「告戈」，惟「告」字究係人名、邑名，難以論定。

6699／c	8191
告戈	2 字
京拓　（1932）k.1664（墓）	
彙編　7.677.（967）	

291　□造戈（《邱集》8164、《嚴集》7330）

本戈援、胡皆殘，銘文三字。第一字似从屮、从戈、从不，未詳何字，劉心源隸定爲「就」（《奇觚》10.9.2）。「就」字甲、金文未見，《說文》小篆作「䄺」、籀文作「䪽」，漢印作「就」、「就」（《漢印文字徵》5.14），皆與本銘不類。第二字諸家釋爲「哉」，〔註401〕惟劉心源釋爲「造」（《奇觚》10.9.2）。金文「哉」字作「哉」（郘公華鐘），「戋」字作「戋」（𦊒鼎），與本銘左半所从作「告」者略異；而高密戈「造」字所从之「告」作「告」形，與本銘結體全同，因之似以劉說較長。第三字殘泐不清，方濬益謂乃「戈」字，復云：「器出齊地，疑亦陳氏物。」姑存以備考。

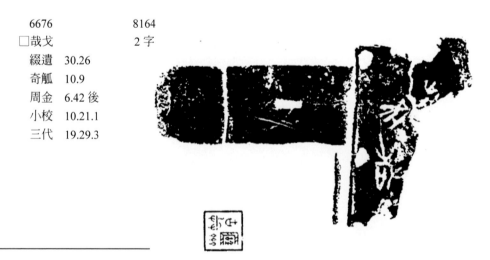

6676	8164
□哉戈	2 字
綴遺　30.26	
奇觚　10.9	
周金　6.42 後	
小校　10.21.1	
三代　19.29.3	

〔註401〕戈銘第二字釋爲「哉」者，如方濬益（《綴遺》30.26）、鄒安（《周金》6.42.2）、劉體智（《小校》10.21.1）、羅振玉（《三代》19.29.3）、羅福頤（《代釋》4577）等皆是。

292 　同□還戈（《邱集》8203、《嚴集》7365）

　　本戈長胡三穿，銘文三字，作「同行還」形。羅振玉曾先後有三種隸定，於《貞松》11.25 作「□尚還」，於《貞圖》中 57 作「亞□還」，於《三代》19.32.1 作「同行還」（卷 19 目錄），羅福頤隸定爲「同行還（還）」（《代釋》4584）；邱德修隸定爲「同行還（還）」（《邱釋》8203）。

　　戈銘第一字作「同」形，不識，其兩側直畫垂直至底部，且底無橫畫，與「亞」字作「亞」（訇簋）、「十」（傳尊）迥殊，亦與「同（淵）」字作「同」（牆盤）、「同」（沈子它簋）懸異。戈銘第二字作「行」，外側四筆之間似有一曲筆，與「行」字作「行」（虢季子白盤）判然有別。此字《貞松》11.25 釋爲「尚」，似有可能，蓋「行」或爲「尚」之殘泐。戈銘末字作「還」形，諸家隸定爲「還（還）」，然「還」字上從目，與戈銘右上所從微異，此姑隸定爲「還」，而其字義則難以徵考。

```
6710                    8203
同尚還戈                  3字
貞松    11.25
貞圖    中 57
三代    19.32.1
```

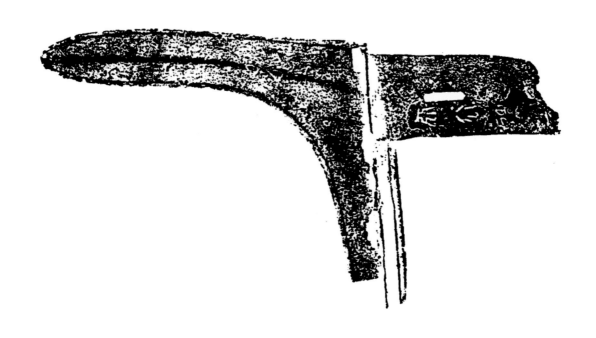

293　右濯戈（《邱集》8205、《嚴集》7367）

　　此戈銘三字，在援、胡間，云：「右濯戈」。吳大澂云：「戈文曰：『右濯戈』。濯，所以刺船也。短曰楫，長曰濯。是戈當係水師所用。今俗作櫂，又作棹。」〔註402〕江村治樹從之。〔註403〕劉心源云：「右，右軍。濯，人名。」（《奇觚》10.11.2）吳、劉之說，皆難徵考。1973年山東濰縣出土一戈，銘云：「武城戈」，「武城」為地名（參例233），辭例與本戈相當，疑本銘「右濯」亦為地名。

6712	8205
□濯戈	3字
奇觚　10.11	
周金　6.41 前	
小校　10.29.2	
三代　19.32.-4	

〔註402〕吳大澂：《說文古籀補》，頁62。

〔註403〕江村治樹：〈春秋戰國時代の銅戈・戟の編年と銘文〉，《東方學報》第52冊，頁101-102。

294　□□金戈（《邱集》8211）

此拓僅爲有銘文處之一小方，初載於《彙編》920，編者命之曰「□□金戈」。
若僅據此拓實難辨識器之類屬，編者曾否目驗該器，則不得其詳。銘有三字，
上二字殘泐難辨，唯第三字作「」形，可確釋爲「金」字。

```
6714／e            8211
□□金戈            3 字
巴納　（1961）拓本
彙編　7.663.（920）
```

295　左陰戈（《邱集》8213、《嚴集》7371）

本戈銘文三字，云：「左陰厎」。「陰」字从仝作「」，亦見於羌鐘、上
官鼎。第三字作「」，不識，姑隸定爲「厎」。

```
6716              8213
左陰戈            3 字
積古　10.3
攈古　一之二，43
小校　10.27.1
```

296　大公戈（《邱集》8217、《嚴集》7373）

本戈銘文三字，在援、胡間，于省吾隸定爲「大公戈」，考證云：

此器當係齊太公所作，此外晚周時無稱太公者，考《史記·田敬仲
完世家》，太公乃田常之曾孫，始立爲諸侯，即陳侯午之父，而陳侯
因𡵳之祖也。傳世有陳侯午錞、陳侯因𡵳錞，今得此戈，則祖、子、
孫三世之器並重於時。（《劍吉》下 17）

于氏之隸定可從，惟此器是否確係齊太公所作，猶待商榷，蓋典籍所載有限，
除《史記》齊太公外，是否確無稱太公者，實難徵考。

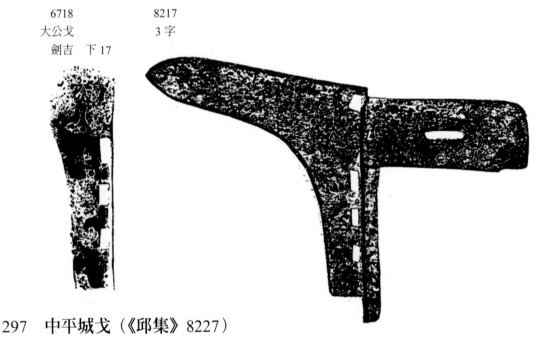

6718
大公戈
劍吉　下 17

8217
3字

297　中平城戈（《邱集》8227）

此戈初載於《全國基本建設工程中出土文物展覽圖錄》圖版四一：2，遼寧
遼陽北郊出土，編者云銘文爲「中平城」三字（該書〈目錄〉），惟圖片縮影過
甚，無由覆案。

6727
中平城戈
基建　圖版四一：2

8227
3字

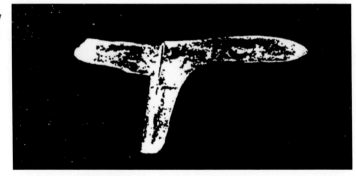

298 嗣馬戈（《邱集》8189、《嚴集》7354）

　　本戈胡、內俱殘，銘在援、胡間，存四字，云：「□□嗣（司）馬」。前二字不識，曾毅公釋爲「鼀大」，而視爲郳國器（《山東・郳》15.3）。然金文郳國之「郳」作「」（郳公華鐘）、「」（郳公釧鐘），皆與戈銘不類，曾說待商。司馬爲古官名，西周金文作「嗣馬」，如盠尊：「參有嗣：嗣馬、嗣土、嗣工」，春秋戰國以降或省作「司馬」，三晉兵器則多合書作「」（十二年邦司寇野弟矛），亦有省口作「」者（例270 十六年喜令韓□戈）。

```
6699              8189
□嗣馬戈            存 2 字
夢郼  中 6
三代  20.6.2
```

299 皿自壽戈（《邱集》8237、《嚴集》7390）

　　此戈銘在內末，行款如下：

首字從二皿，當隸定爲「皿」，不識。此下之文，劉心源隸定爲「歸」字（《奇觚》10.13.1），方濬益隸定爲「皐寢」二字（《綴遺》30.12），鄒安隸定爲「自歸」二字（《周金》6.32.1），孫稚雛（《孫目》6737）隸定爲「自寢」二字。筆者疑此當爲二字，因「」與「」之間筆畫疏密懸殊，若此二者應合爲一

字，則當改作「㠯帚」形，始與合體字要求結體方正之原則相符；〔註404〕若此二文確應合爲一字，則其寬幅將數倍於其下之「戈」字，商周金文未見此例。既確認爲二字，而此二字左右平列，插置於直行之行款中間。欲確認此二字之釋讀順序，須視與其上、下二字之相對位置而定。戈銘首字偏左，末字偏右，則二字亦當先左後右。「自」爲戈銘第二字，當隸定爲「自」。「帚」爲戈銘第三字，所從之「帚」，疑爲「帚」字異文，則此字乃从宀、从止、从帚，可隸定爲「𡣆」。籀文「歸」字作「𢍰」，此从宀殆表歸止之義，疑爲「歸」字繁文。惟「歸戈」一詞典籍無徵，詞義亦晦，姑存疑。

6737	8237
𠂤自寢戈	4 字

綴遺　30.12
奇觚　10.13
周金　6.32 前
簠齋　四古兵器
三代　19.35.2

〔註404〕龍師宇純：《中國文字學》，〈論位置的經營〉，頁 196-220。

300　工炻之戈（《邱集》8239、《嚴集》7392）

本戈銘文四字，在內末，反書，其行款如下：

羅福頤隸定爲「王𡙃之戈」（《代釋》4596），孫稚雛（《孫目》6739）從之。然第一字當釋爲「工」，而非「王」字。銘文第二字，疑从丘、从火，姑隸定爲「炻」，於此爲人名。

6739　　　　　8239
王𡙃之戈　　　4字
三代　19.36.1

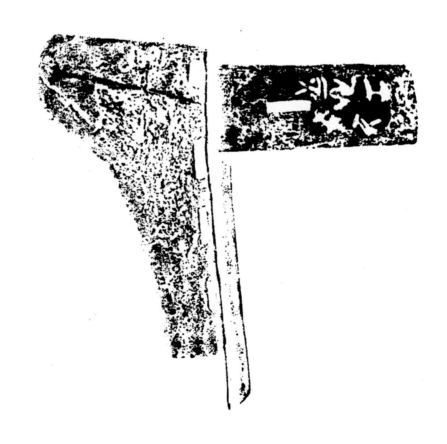

301 大長畫戈（《邱集》8240、《嚴集》7393）

本戈銘文四字，第一字蝕泐難辨。第二字劉心源隸定爲「庶」（《奇觚》10.28.1），鄒安（《周金》6.34.2）從之，羅福頤則隸定釋爲「大」（《代釋》4547）。審之拓本，似作「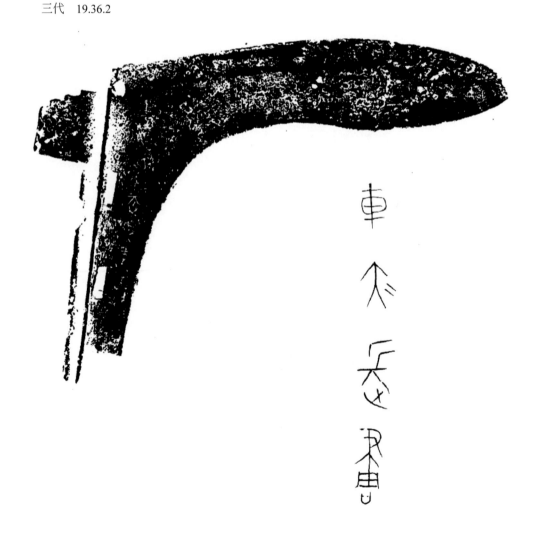」形，羅釋較長。第三、四字，當隸定爲「長畫」。惟戈銘「□大長畫」，未審何義。

6740　　　　　8240
□大長畫戈　　　4字
　奇觚　10.28
　周金　6.34 後
　小校　10.35.3-36.1
　三代　19.36.2

302 雍之田戈（《邱集》8250、《嚴集》7401）

此戈僅存殘援，銘四字，自援鋒向援本直書，柯昌濟隸定爲「雍之田戈」，謂 1929 年河北磁州城南豐樂鎮北出土（《金文分域編》8.14），並云：

> 文在援，之、田二字間，中有界畫。雍，人名。田戈者，田獵之戈也。戈之名稱，有載戈、寢戈、行戈等，皆見於銘詞。田戈之稱，僅見此耳。又此戈出土所在殷墟，雍字又與甲骨文吻合，定爲商器無疑。考卜詞云：「辰卜貞子雍」云云，審之文義，子雍當是人名，或即此作戈之人歟？（《韡華》癸 5.3）

戈銘首字，柯昌濟釋爲「雍」，謂乃人名，蓋是。「雍」字甲骨文作「」（《前》2.36.1）、「」（《前》4.29.4），金文作「」（泉簋）、「」（簹平鐘），下所從之「」，乃「宮」之象形，雍字從之爲聲。戈銘「」字，疑原作「」形，例 069 雍王戈「雍」字即作「」形。

柯昌濟據器物出土地，及卜辭有「子雍」其人，遂斷言此爲商器，復推測卜辭所見之「子雍」即作此戈之人。然考古工作者據以判定出土物之時代者，係地層與坑位，而非出土「地點」。本戈胡部雖殘，而側闌猶存二穿，此類形制非商代所有，用知柯昌濟據卜辭「子雍」云云，蓋穿鑿附會之言。

6749　　　　　　8250
鼞之田戈　　　　4 字
　錄遺　565

303　取戈（《邱集》8258）

此戈摹文初載於《彙編》1363，編者謂銘有四字，而邱德修則隸作「取耳圵」（《邱釋》8258）三字。據摹文觀之，與《小校》10.87.1「戔取戈」，銘作「」者形近，編者劉體智隸作「戔取」。〔註405〕然《小校》此戈羅福頤已斷言其僞，〔註406〕至於本戈之眞僞，則以摹文未繪器形，無由案斷。

6755／c	8258
取戈	4 字
京拓 （1971）k14892	
彙編　8.804.（1363）	

304　荼厎戈（《邱集》8281、《嚴集》7424）

本戈銘文五字，云：「荼厎之□戈」。「荼厎」未識，當係器主之名。第四字適當裂痕所在，似从放、从矢，疑爲「族」字，惟「族戈」之義未詳。

6772	8281
□厎戈	5 字
貞松　12.3	
三代　19.41.2	

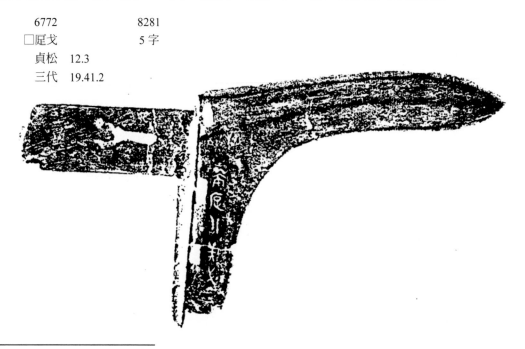

〔註405〕《小校》10.87.1「戔取戈」，爲無胡曲內式戈，編者劉體智誤識爲「刀」。

〔註406〕羅福頤：《商周秦漢青銅器辨僞錄》，頁 28。

305 吁戈（《邱集》8283、《嚴集》7426）

本戈初載於《巖窟》下 54，胡有銘文數字，惟磨泐過甚，筆畫難辨，編者梁上椿隸定爲「吁□□造戈」，姑存以備考。

6774 8283

吁□□造戈 5 字

巖窟 下 54

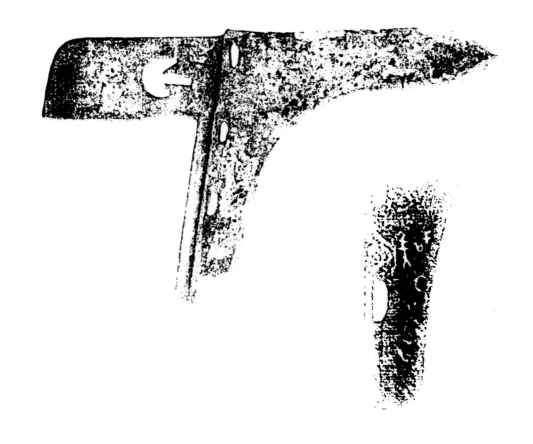

306　𨟁子戈（《邱集》8285、《嚴集》7428）

本文銘文六字，云：「𨟁子𠂤之告（造）戈」，由胡末向援脊逆書，類似行款亦見於大良造鞅戟（例192）、十四年戈（例259）。第一字作「𨟁」，不識，當係國名，梁上椿釋爲「陳」（《嚴窟》下51），然金文嬀陳作「𨼫」（陳侯簋），齊陳作「塦」（陳逆簋），皆與戈銘不類，梁說未允。第三字作「𠂤」，不識，爲「𨟁子」之私名。第五字「告」殆爲「造」字之省，或假「告」爲「造」。

6776　　　　　　　8285

𨟁□之告戈　　　5字

嚴窟　　下51

錄遺　　568

307　王子戈（《邱集》8336、《嚴集》7469）

本戈內部已殘，胡有銘文六字，云：「王子□之□□」。第三字殆因磨刃而泐。第五字作「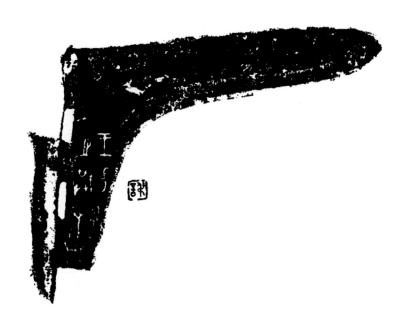」形，左旁與善鼎「共」字作「」形近，當係「共」字，右似从戈，羅福頤隸定爲「戜」（《代釋》4669），或是。第六字作「」形，不識，惟以習見戈銘辭例度之，殆爲「戈」字之異體。

6819	8336
王子□戈	6 字
三代　20.14.2	

308　齽兂戈（《邱集》8340、《嚴集》7473）

　　本文內末銘文七字，云：「□□乍蒩戈三百」。首二字不識，位於「乍」字上，當係人名。第四字从艸、从彳、从酉，姑隸定爲「蒩」。「蒩戈」蓋言戈之特性或用途，猶「散戈」、「𢧢戈」、「行戈」之比。銘末「三百」二字，殆爲該次鑄造之總數。山東省濰坊市博物館所藏一戈，銘云：「□□御戈五百」，辭例與本銘相近，「御戈」與本銘「蒩戈」性質當亦相類也。〔註407〕

```
6823              8336
𢧢戈               6 字
貞圖　中 61
三代　19.47.2
```

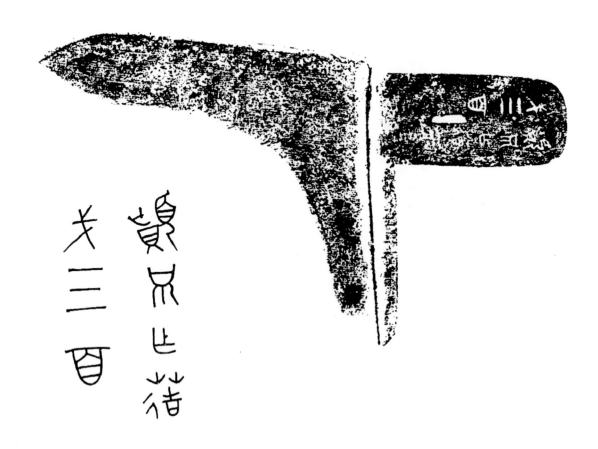

〔註407〕濰坊市博物館：〈濰坊市博物館徵集的部分青銅兵器〉，《文物》1986 年第 3 期，頁 37、41。

309　非鈘戈（《邱集》8372、《嚴集》7502）

本戈內末銘文八字，云：「非鈘✹邘□陽廿四」。第一字作「兆」形，與
召鼎「非」字全同。第二字从金、从亐，不識。第三字作「✹」，亦見於「卅
二年✹令戈」（例266），不識。第四字从邑、于聲，當釋爲「邘」，亦見於「邘
王是埜戈」（例029）。第五字左旁不識，右旁从合、从口，與倉字作「倉」（弔
倉父盨）形近，皆象器中有物之形。銘文「非鈘✹邘□陽」，不詳其義。銘末
爲「廿四」二字，字體略小，疑爲該器之編號。

6855
非鈘戈

周金	6.14
夢郼	中16
善齋	10.31
小校	10.47.3
三代	20.19.3

8372
8字

310 □克戈（《邱集》8383、《嚴集》7511）

本戈銘文九字，方濬益釋爲「□克氏楚霝其黃鋪鑄」（《綴遺》30.7）。「鋪」字蝕泐不清，許瀚釋爲「鎦」，謂乃「鏐」之借字（《攈古》二之一，45 引）。此與彝銘之「霝其吉金」相類，類似辭例亦見於子孔戈：「子孔霝（擇）岳（厥）吉金鑄其元用」（例262）。

```
6863              8383
□克戈              9字
  攈古   二之一，45
  綴遺   30.7
  周金   6.11
  小校   10.52.1
```

311 □公戈（《邱集》8384、《嚴集》7510）

本戈內末刻銘數字，阮元釋云：「王商戴公歸之告□。輈」（《積古》8.15），
劉體智則釋爲「王賞戴公遄之造。輈。」（《小校》10.45.2）。筆者所據之拓片，
字多殘泐不清，筆畫可辨識者，唯左行末字似作「𣂴」形，當隸定爲「敔（造）」，
右行僅一字，左从車，右旁不清，餘皆模糊難辨，從闕。

6864　　　　　　8384
□公戈　　　　　　9字
　　積古　8.15
　　攈古　二之一，45
　　周金　6.13
　　小校　10.45.2

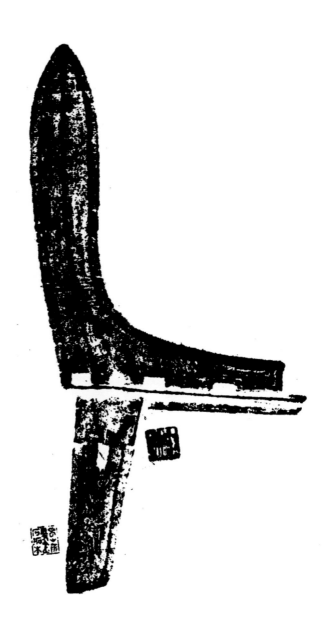

312 ⳤⲩ戈（《邱集》8167、《嚴集》7335）

　　于省吾、姚孝遂曾舉本戈爲例，謂戈、戟銘文適當納秘處者皆僞，然其說實誤（詳〈研究篇〉第三章第二節辨僞條例四），是以本戈之眞僞，猶待重鑑。詳審本戈形制、銘文，確與常制相違，疑竇叢生：其一、內穿之長，竟達內長五分之三強；其二、下闌之長，幾達側闌全長之半；其三、胡有二穿，而其長度僅與內之寬度略等；其四、援體上昂甚顯，胡有二穿，且援鋒尖銳，其時代不早於春秋中期，而其字體結構與周秦金文不類。綜上四疑，其僞可知矣。

6679
戈

周金　6.61 後
夢郼　續 31
小校　10.13.2
三代　19.31.1

8167

2 字

313　左庫戈（《邱集》8190）

本戈初載於《彙編》966，銘二字，陽文，作「」形，該書編者命名爲「左軍戈」。第二字从冂，不从匀聲，當釋爲府庫之「庫」。然本銘字體方折，如「左」字所从手形作「ㄓ」，「庫」字所从屋舍形作「冂」，皆與兩周金文書法風格有別，而近於漢隸，惟西漢以降句兵銘文未見如是辭例。兵器銘文罕用陽文，蓋攻伐之際陽文易於磨損，而本銘即作陽文，且完好如新，是不能無疑。本銘字體碩大，上字直與內穿後端緊密銜接，下字距內之後緣極近，類似行款殊爲鮮見。由字體與行款二端以辨，本戈疑係後人所僞。

6699／b　　　　8190
左軍戈　　　　　2字
巴納　（1960）拓本
彙編　7.667.（966）

314　田乍琱戈（《邱集》8209）

本戈拓片僅見有銘文部分，由穿孔方位及波浪狀子刺以觀，此段拓片當位於有子刺戈之胡部。戈銘行款之方向與側闌垂直，然兩周戈戟銘文所見行款皆與側闌平行。銘文「周乍」與「琱」之間，隔以紋飾，兵器銘文亦未見此例，疑此銘係後人所僞。

6714／c　　　　8209
田乍琱戈（？）　3字
巴納　（1958）拓本
彙編　7.662.（918）

315　乙癸丁戈（《邱集》8212、《嚴集》7370）

　　本戈銘文「乙癸丁」三字，其意未詳，王國維嘗以「商三戈」例之，謂其「蓋亦祖父之名」，〔註408〕然「商三戈」本不可信據，此二銘復不相類，因知王說猶未通洽。筆者頗疑本戈出於偽造，其疑點有四：戈內細窄，其寬僅及援寬之半，此可疑一也；內下緣鋸角旁側斜出一牙，莫詳其用，亦未見類似之例，此可疑二也；上闌呈錐狀，亦乏相近之例，此可疑三也；長胡三穿戈之頂穿，多位於援脊之上，而與內之上緣約略等高，而本戈之頂穿竟遠低於內之下緣，尤與常制相悖，此可疑四也。

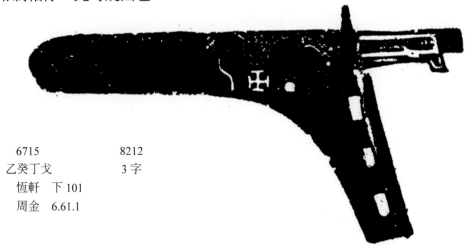

6715　　　　　　8212
乙癸丁戈　　　　3字
　恆軒　下101
　周金　6.61.1

316　父乍戈（《邱集》8208）

　　此戈之局部銘拓初載於《彙編》917，此段拓片位於戈體何處，編者未言，惟就拓片墨色顯呈上、下兩截以觀，此段當為戈援、銘文上方墨色較濃之橫線即為援脊。復就援脊與上下刃之距離、及下刃內彎之弧度以辨，此當係有胡戈之援部。所以知其為有胡戈者，因無胡戈之援不當有內彎弧度，且援脊至上下刃之距離應相等。由是以思，則此戈之真偽不能無疑。蓋有胡戈之制起自西周，而本戈則具商代銘文色彩，意即器與銘之時代不符。

6714／b　　　　8208
父乍戈　　　　　3字
　巴納　　（1961）拓本
　彙編　7.662.（917）

〔註408〕王國維：《觀堂集林》，卷18，〈商三句兵跋〉。

317　鳥篆戈（《邱集》8246、《嚴集》7398）

　　本戈銘文位於援之下刃，字數不詳，似存三字。羅福頤釋爲「自乍□□」（《代釋》4603），邱德修釋爲「□□公子□□用」（《邱釋》8246）。筆者以爲此戈之眞僞頗有可疑：戈銘爲鳥蟲書，然其字體結構與習見之鳥蟲書似有不同，無怪乎羅、邱二氏所釋相去懸遠，此其可疑一也。戈內下緣與側闌夾角之角度，常制皆在 85°以上，時代愈後者，因戈內日漸上揚之故，其角度愈大（參〈研究篇〉第三章第二節註 42）。此戈側闌至少三穿，時代不得早於春秋中期（鳥蟲書亦始於此時），而其內下緣與側闌之夾角未達 85°，爲《金文總集》著錄 364 件戈戟中唯一之例外，此其可疑二也。援胡穿孔之方向當與內穿之方向垂直，而本戈援穿（側闌首穿）之方向則與內穿之方向平行，此其可疑三也。

　　　6746　　　　　　8246
　　　鳥篆戈　　　　　存 3 字
　　　三代　19.38.2

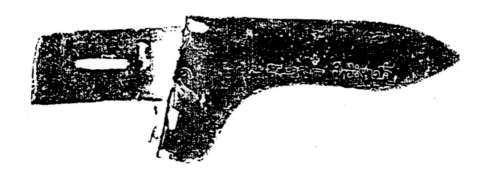

318　陳子諨戈（《邱集》8266、《嚴集》7414）

　　此戈據云出於陝西鳳翔，銘四字。前二字當隸作「陳子」，後二字不識。此戈之真偽似有可疑：其一、就形制言，闌側穿孔分布不均，援上刃處無穿，首穿上端過低而與內下緣平齊，第二穿與其上下兩穿之距離過於懸殊，凡此俱與常制相悖。其二、就銘文而言，第三、四字之左半筆畫，皆位於兩穿之間，第三字尤有部分筆畫與穿孔相連，亦與常制不合。

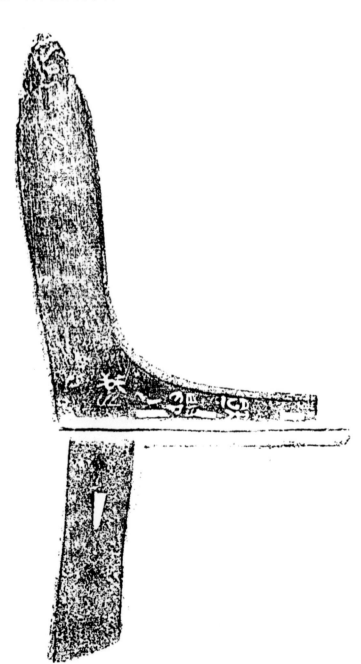

6762　　　　　8266
陳□戈　　　　存 3 字
劍吉　　下 29
三代　　20.10.2

319　羊子戈（《邱集》8279）

　　本戈銘云：「羊子之艁（造）戈」，與例 080「羊子戈」同銘，然此二戈銘文部位及器物形制則大異其趣。例 080 銘在胡，此制春秋、戰國戈戟屢見不鮮；而例 319 則銘之於側闌上，兩周戈戟銘文未見類似例證。例 080 與例 319 銘文構形及其書體風格相似，二者之時代亦應相近。然而，例 080 長胡三穿，此形制之時代不得早於春秋時期；而例 319 短胡一穿，內無穿，援脊呈寬帶狀隆起，其形制與西周初期之「太保 戈」（例 006）相似，二者之時代亦當相近。易言之，此二戈銘文書體反映之年代，與其器物形制反映之年代無法契合。兩相參照，因疑本戈蓋仿例 080 而偽。

6770／b　　　　　　8279
羊子戈（二）　　　　5字
巴納　（1961）拓本
彙編　7.620.（793）

320　大戢戈（《邱集》8364、《嚴集》7494）

321　大戢戈（《邱集》8365、《嚴集》7495）

　　上列二戈銘文內容全同，云：「大戢用□金乍（作）吉用」；惟其字體、行款、器形則異。例 320 初載於《積古》8.17，闌側四穿，胡末平齊，援上刃高出內上緣頗多，內穿作圓形，銘文由內末後緣向內穿直書，筆畫微蝕。例 321 初載於《嚴窟》下 44，闌側三穿，胡末圓曲，援上刃幾與內上緣成一直線，內穿作等腰三角形，銘文由內穿向內末後緣直書，筆畫清晰。

　　就器物形制以辨，二器當非同時同地所造。二器之關係，殆有四種可能：其一，二器皆真，蓋因此銘為嘏辭，故異時異地之器得同此銘。其二，例 320 為偽，例 321 為真。其三，例 320 為真，例 321 為偽。其四，二器俱偽。筆者以為二器俱偽之可能性最高，理由如下：

　　首先，內作圓穿，多見於商戈，西周中期猶見此制，至春秋戰國則廢而不用；而例 320 長胡、闌側四穿，時代約當戰國中、晚期，而內穿猶作圓形，殊可異也。其次，蓋春秋戰國之際，兵器題銘以「物勒工名」為主；另有記監造者之名者，其意亦與「物勒工名」之觀念相去不遠；餘如「銘功紀德」、「祈福吉語」之類銘文，則甚為罕見。以《邱集》、《嚴集》二書為例古，扣除例 320，例 321 之後，唯「鵙公劍」（《邱集》8631）銘云：「鵙公圃乍元劍寶用之」，略具「祈福吉語」之意，然此劍金祥恆嘗疑其偽。〔註 409〕又次，「吉用」一語似亦未見於周秦金文。茲以周師法高所編《金文詁林》、《金文詁林補》二書為例，前書摘錄與「吉」字有關之辭句二〇三條，後書摘錄五十九條，合計二百六十二條，皆未見「吉用」之例。再次，例 321 銘文略無泐損，完好如新，考古發掘所得春秋戰國兵器銘文，罕見如此完整未蝕之例。復次，「用」字二見，一作「用」形，一作「用」形，與習見中作二橫畫者異。綜上所述，據形制以辨，例 320 疑似偽器；據辭例及字體以辨，例 320、321 當係偽銘。

─────────────

〔註 409〕金祥恆：〈說劍〉，《中國文字》第 31 期，頁 1-4。

6847　　　　　　8364

寅戈一　　　　8字

積古　8.17

金索　金 2.106

從古　9.7

攈古　二之一，30

周金　6.18 後

小校　10.48.1

三代　19.49.1

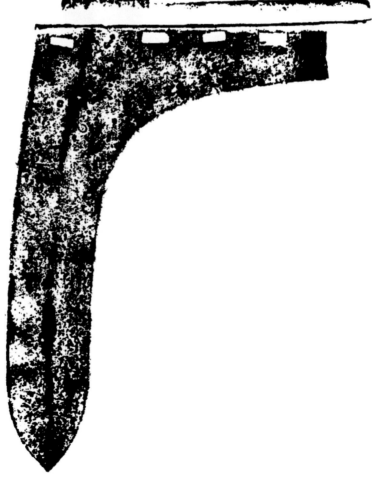

6848　　　　　8365
又二　　　　　8字
嚴窟　下 44

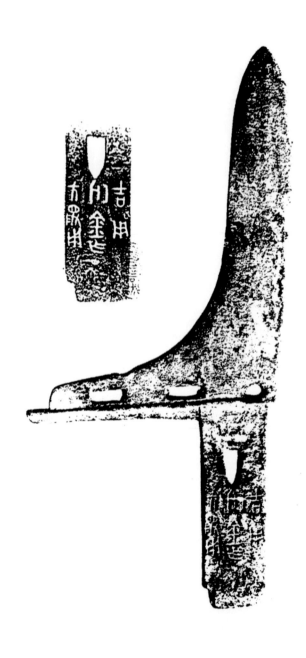

322　二年宗子戈（《邱集》8436、《嚴集》7555）

　　本戈內末銘文二行，云：「二年宗子攻五欨我左工師□訂畽丹□」；胡上銘文一字，不識。本銘「工師」合書，且有紀年，疑似三晉器。惟其辭例終與三晉銘文不符，蓋三晉戈銘均詳載鑄地，與令、冶之名，而本銘均付闕如，而致無法通讀。王國維云：「此器唯胡上一罴字，其內上二年云云，十七字乃後刻。」〔註410〕黃盛璋〈三晉兵器〉亦未收錄本戈。此戈銘文疑出後人偽刻，故其辭例既不合於三晉，亦未見於列國。

```
6912                    8436
二年戈                   18 字
  綴稿   8.30
  攈古   二之二，67
  奇觚   10.29
  周金   6.4 前
  簠齋   四古兵器
  小校   10.57.2
  三代   20.28.1
```

〔註410〕王國維：《國朝金文著錄表》，卷5，頁15。

323 　且乙戈（《邱集》8297、《嚴集》7439）

324 　大兄日乙戈（《邱集》8437、《嚴集》7556）

325 　大且日己戈（《邱集》8455、《嚴集》7573）

326 　且日乙戈（《邱集》8457、《嚴集》7575）

　　上列四戈之偽，董作賓、魯實辨之甚詳，參〈研究篇〉第三章「辨偽條例四」。此四戈拓片，見〈研究篇〉第三章圖 3.2.13-16。

引用書目及其簡稱＊

一、出土文獻著錄書

1. 丁麟年，《柉林館吉金圖識》，1910 年。　＊柉林

2. 上海博物館，《上海博物館藏青銅器》，1964 年。　＊上海

3. 于省吾，《雙劍誃吉金圖錄》，1934 年。　＊劍吉

4. 于省吾，《雙劍誃古器物圖錄》，1940 年。　＊劍古

5. 于省吾，《商周金文錄遺》，1957 年。　＊錄遺

6. 山東省文物文管理處等，《山東文物選集》，1959 年。　＊山東選

7. 中央圖書館等，《中華文物集成（青銅器）》，1958 年。　＊中華

8. 中國社會科學院考古研究所，《殷周金文集成》，北京：中華書局，1984-1994 年。　＊集成

9. 中國科學院，《上村嶺虢國墓地》，北京：科學出版社，1959 年。　＊上村

10. 五省出土重要文物展覽籌備委員會，《五省出土重要文物展覽圖錄》，北京：文物出版社，1958 年。　＊五省

11. 巴納、張光裕，《中日歐美澳紐所見所拓所摹金文彙編》，1978 年。　＊彙編

12. 方濬益，《綴遺齋彝器款識考釋》，1899 年。　＊綴遺

13. 王襄，《簠室殷契徵文》，1925 年。　簠

14. 出土文物展覽工作組，《文化大革命期間出土文物》，1972 年。　＊文革

＊　各類書目依作者姓名筆畫排序，同一作者再依出版年份排序。書名簡稱附在各書之後，其前冠上「＊」作爲標誌。

15. 平凡社，《書道全集》第一卷，1965 年。　*書道

16. 白川靜，《金文通釋》，1962-1983 年。　*白川通釋

17. 全國基本建設工程中出土文物展覽會工作委員會，《全國基本建設工程中出土文物展覽圖錄》，1955 年。　*基建

18. 吳大澂，《恒軒所見藏吉金錄》，1885 年。　*恒軒

19. 吳大澂，《愙齋集古錄》，1896 年。　*愙齋

20. 吳式芬，《攈古錄金文》，1895 年。　*攈古

21. 吳雲，《二百蘭亭齋收藏金石記》，1856 年。　*二百

22. 吳雲，《兩罍軒彝器圖釋》，1872 年。　*兩罍

23. 吳榮光，《筠清館金文》，1842 年。　*筠清

24. 吳闓生，《吉金文錄》，1933 年。　*文錄

25. 李光庭，《吉金志存》，1859 年。　*吉志

26. 李泰芬，《癡盦藏金》，1940 年。　*癡盦

27. 阮元，《積古齋鐘鼎彝器款識》，1804 年。　*積古

28. 林巳奈夫，《中國殷周時代の武器》，京都：日本京都大學人文科學研究所，1972 年。　*林氏武器

29. 林泰輔，《龜甲獸骨文字》，1921 年。　*林

30. 河北省博物館，《隨縣曾侯乙墓》，1980 年。　*曾侯乙墓

31. 河北省博物館文物管理處，《河北省出土文物選集》，1980 年。　*河北

32. 河南出土商周青銅器編寫組，《河南出土商周青銅器（一）》，1981 年。　*河南（一）

33. 邱德修，《商周金文集成》，1983 年。　*邱集

34. 金祖同，《殷契遺珠》，1939 年。　*遺

35. 故宮博物院，《故宮銅器圖錄》，1958 年。　*故圖

36. 柯昌濟，《韡華閣集古錄跋尾》，1916。　*韡華

37. 姬佛佗，《戩壽堂所藏甲骨文字》，1917 年。　*戩

38. 孫壯，《澂秋館吉金圖》，1931 年。　*澂秋

39. 孫詒讓，《古籀拾遺》，1888 年。　*籀拾

40. 孫詒讓，《古籀餘論》，1903 年。　*餘論

41. 孫詒讓，《籀廎述林》，1916 年。　*籀廎

42. 容庚，《寶蘊樓彝器圖錄》，1929 年。　*寶蘊

43. 容庚，《秦金文錄》，1931 年。　*秦金

44. 容庚，《頌齋吉金圖錄》，1933 年。　*頌齋

45. 容庚，《善齋彝器圖錄》，1936 年。　*善彝

46. 容庚，《頌齋吉金續錄》，1938 年。　*頌續

47. 容庚，《商周彝器通考》，臺北：文史哲出版社，1985 年。　*通考

48. 容庚、張維持，《殷周青銅器通論》，北京：科學出版社，1958 年。 *通論

49. 徐乃昌，《安徽通志金石古物考稿》，1936 年。 *安徽

50. 徐同柏，《從古堂款識學》，1886 年。 *從古

51. 陝西省考古研究所等，《陝西出土商周青銅器（一）》，1979 年。 *陝西（一）

52. 陝西省考古研究所等，《陝西出土商周青銅器（二）》，1980 年。 *陝西（二）

53. 陝西省考古研究所等，《陝西出土商周青銅器（三）》，1981 年。 *陝西（三）

54. 馬承源，《中國古代青銅器》，1982 年。 *古青銅器

55. 商承祚，《殷契佚存》，1933 年。 *佚

56. 商承祚，《十二家吉金圖錄》，1935 年。 *家

57. 張秉權，《小屯‧殷虛文字丙編》，1957 年。 *丙

58. 梁上椿，《巖窟吉金圖錄》，1943 年。 *巖窟

59. 郭沫若，《殷契粹編》，1937 年。 *粹

60. 郭沫若，《金文叢考》，1952 年。 *叢考

61. 郭沫若，《兩周金文辭大系圖錄考釋》，北京：科學出版社，1971 年。 *大系

62. 郭寶鈞，《山彪鎮與琉璃閣》，北京：中國科學院考古研究所，1959 年。 *山彪鎮

63. 郭寶鈞，《濬縣辛村》，北京：科學出版社，1964 年。 *辛村

64. 陳仁濤，《金匱論古初集》，1952 年。 *金匱

65. 陳介祺、鄧實，《簠齋吉金錄》，1918 年。 *簠齋

66. 陳夢家，《西周銅器斷代（一）～（六）》，1955-1956 年。 *斷代

67. 曾毅公，《山東金文集存先秦編》，1940 年。 *山東

68. 湖北省博物館編，《隨縣曾侯乙墓》，北京：文物出版社，1980 年。 *曾侯乙墓

69. 馮雲鵬、馮雲鵷，《金石索》，1821 年。

70. 黃濬，《衡齋金石識小錄》，1935 年。 *衡齋

71. 黃濬，《鄴中片羽初集》，1935 年。 *鄴初

72. 黃濬，《尊古齋所見吉金圖初集》，1936 年。 *尊古

73. 黃濬，《鄴中片羽二集》，1937 年。 *鄴二

74. 黃濬，《鄴中片羽三集》，1942 年。 *鄴三

75. 楊樹達，《積微居金文說》，北京：科學出版社，1959 年。 *積微

76. 董作賓，《小屯‧殷虛文字甲編》，1948 年。 *甲

77. 董作賓，《小屯‧殷虛文字乙編》，1949 年。 *乙

78. 鄒安，《周金文存》，1916。 *周金

79. 鄒壽祺，《夢坡室獲古叢編》，1927 年。 *夢坡

80. 睡虎地秦墓竹簡編輯小組，《睡虎地秦墓竹簡》，北京：文物出版社，1990 年。

81. 端方，《陶齋吉金錄》，1908 年。　*陶齋

82. 端方，《陶齋吉金續錄》，1909 年。　*陶齋續

83. 劉心源，《古文審》，1891 年。

84. 劉心源，《奇觚室吉金文述》，1902 年。　*奇觚

85. 劉體智，《善齋吉金錄》，1934 年。　*善齋

86. 劉體智，《小校經閣金文拓本》，1935 年。　*小校

87. 潘祖蔭，《攀古樓彝器款識》，1872 年。　*攀古

88. 鄭振鐸編，《偉大的藝術傳統圖錄》，北京：中國古典藝術出版社，1951 年。

89. 羅振玉，《殷虛書契前編》，1912 年。　*前

90. 羅振玉，《殷虛書契菁華》，1914 年。　*菁

91. 羅振玉，《秦金石刻辭》，1914 年。　*秦辭

92. 羅振玉《殷虛書契後編》，1916 年。　*後

93. 羅振玉，《夢郼草堂吉金圖》，1917 年。　*夢郼

94. 羅振玉，《夢郼草堂吉金圖續編》，1917 年。　*夢續

95. 羅振玉，《貞松堂集古遺文》，1930 年。　*貞松

96. 羅振玉，《貞松堂集古遺文補遺》，1931 年。　*貞補

97. 羅振玉，《殷虛書契續編》，1933 年。　*續

98. 羅振玉，《貞松堂集古遺文續編》，1934 年。　*貞續

99. 羅振玉，《貞松堂吉金圖》，1935 年。　*貞圖

100. 羅振玉，《三代吉金文存》，1937 年。　*三代

101. 羅福頤，《三代吉金文存釋文》，1983 年。　*代釋

102. 嚴一萍，《金文總集》，1983-1984 年。　*嚴集

二、古文字學工具書

1. 王國維，《國朝金文著錄表》，海寧王忠愨公遺書二集重定本，長沙：商務印書館，1940 年。

2. 李孝定，《金文詁林讀後記》，臺北：中央研究院史語所專刊之八十，1982 年。

3. 周法高，《金文詁林》，香港：香港中文大學，1974 年。

4. 周法高，《金文詁林補》，臺北：中央研究院史語所專刊之七十七，1982 年。

5. 金祥恆，《續甲骨文編》，臺北：藝文印書館，1959 年。

6. 金祥恆，《陶文編》，臺北：藝文印書館，1964 年。

7. 孫海波，《校正甲骨文編》，臺北：藝文印書館，1974 年。

8. 孫稚雛，《金文著錄簡目》，北京：中華書局，1981 年。　*孫目

9. 容庚，《金文續編》，北京：商務印書館，1935 年。

10. 容庚編著，張振林、馬國權摹補，《金文編》，北京：中華書局，1985 年。

11. 徐中舒主編，《漢語古文字字形表》，成都：四川人民出版社，1980 年。

12. 徐中舒，《殷周金文集錄》，成都：四川人民出版社，1984 年。

13. 高明，《古文字類編》，臺北：大通書局，1980 年。

14. 商承祚等《先秦貨幣文編》，北京：書目文獻出版社，1983 年。

15. 張守中，《中山王嚳器文字編》，成都：中華書局，1980 年。

16. 羅福頤，《三代秦漢金文著錄表》，臺北：藝文印書館，1969 年。

17. 羅福頤，《古璽文編》，北京：文物出版社，1981 年。

三、近人研究專書

1. 丁山，《說文闕義箋》，臺北：中央研究院歷史語言研究所單刊乙種之一，1929 年。

2. 丁福保，《說文解字詁林》，臺北：鼎文書局，1983 年。

3. 中華書局編輯部，《雲夢秦簡研究》，北京：中華書局，1981 年。

4. 王力，《同源字典》，臺北：文史哲出版社，1983 年。

5. 王永誠，《先秦彝銘著錄考辨》，臺北：臺灣師範大學中文研究所博士論文，1978 年。

6. 王念孫，《廣雅疏證附補正及拾遺》，京都：中文出版社，1981 年。

7. 王國維，《王觀堂先生全集》，臺北：文華出版社，1968 年。

8. 王國維，《觀堂集林（定本）》，臺北：世界書局，1983 年。

9. 王夢旦，《金文論文選》第一輯，香港：圖鴻印刷公司，1968 年。

10. 北京鋼鐵學院，《中國冶金學史》，北京：科學出版社，1978 年。

11. 四川大學古文字研究室等，《古文字研究論文集》（四川大學學報叢刊第十輯），成都：四川人民出版社，1982 年。

12. 四川省博物館，《四川船棺葬發掘報告》，北京：文物出版社，1960 年。

13. 江淑惠，《齊國彝銘彙考》，臺北：臺灣大學中文研究所碩士論文，1985 年。

14. 余廼永，《兩周金文音系考》，臺北：臺灣師範大學國文研究所博士論文，1980 年。

15. 岑仲勉，《兩周文史論叢》，北京：商務印書館，1958 年。

16. 李孝定，《甲骨文字集釋》，臺北：中央研究院歷史語言研究所專刊之五十，1980 年。

17. 沈寶春，《商周金文錄遺考釋》，臺北：臺灣師範大學國文研究所碩士論文，1976 年。

18. 周法高，《周秦名字解詁彙釋》，臺北：中華叢書委員會，1958 年。

19. 周法高，《金文零釋》，臺北：臺聯國風出版社，1972 年。

20. 周緯，《中國兵器史稿》，臺北：明文書局，1981 年。

21. 屈萬里，《詩經釋義》，臺北：中國文化大學出版部，1980年。

22. 屈萬里，《尚書集釋》，臺北：聯經出版事業公司，1983年。

23. 林素清，《先秦古璽文字研究》，臺北：臺灣大學中文研究所碩士論文，1976年。

24. 林素清，《戰國文字研究》，臺北：臺灣大學中文研究所博士論文，1984年。

25. 邱德修，《商周金文集成釋文稿》，臺北：五南圖書出版公司，1986年。　　*邱釋

26. 段玉裁，《說文解字注》，臺北：黎明文化事業公司，1978年。

27. 唐蘭，《中國文字學》，臺北：洪氏出版社，1980年。

28. 唐蘭，《古文字學導論》，臺北：河洛出版社，1980年。

29. 馬衡，《凡將齋金石叢稿》，臺北：明文書局，1981年。

30. 馬敘倫，《讀金器刻詞》，北京：中華書局，1962年。

31. 高大威，《上古文字暨其應用之研究》，臺北：政治大學中文研究所碩士論文，1986年。

32. 商承祚，《長沙古物聞見記》，臺北：文海出版社，1971年。

33. 國際中國古文字學研討會論文集編輯委員會，《古文字學論集初編》，香港：香港中文大學中國文化研究所吳多泰中國語文研究中心，1983年。

34. 張光裕，《偽作先秦彝器銘文疏要》，臺北：臺灣大學中文研究所博士論文，1974年。

35. 梅原末治，《支那漢代紀年銘漆器圖說》，京都，桑名文星堂，1933年。

36. 郭沫若，《中國古代社會研究》，不詳：坊間影印本，1930年。

37. 郭沫若，《殷周青銅器銘文研究》，不詳：不詳，1930年。

38. 郭沫若，《甲骨文字研究》，不詳：不詳，1931年。

39. 郭沫若，《奴隸制時代》，北京：科學出版社，1956年。

40. 陳夢家《殷墟卜辭綜述》，不詳：坊間影印本，1956年。

41. 陳夢家，《六國紀年表・六國紀年表考證》，臺北：學海出版社，？年。

42. 陳槃，《春秋大事表列國爵姓及存滅表譔異》，臺北：中央研究院歷史語言研究所專刊之五十二，1969年。

43. 陳槃，《不見於春秋大事表之春秋方國稿》，臺北：中央研究院歷史語言研究所專刊之五十九，1970年。

44. 程發軔，《春秋左氏傳地名圖考》，臺北：廣文書局，1969年。

45. 楊伯峻，《春秋左傳注》，臺北：源流出版社，1982年。

46. 楊泓，《中國古兵器論叢》，臺北：明文書局，1983年。

47. 楊寬，《戰國史》增訂本，臺北：谷風出版社，1986年。

48. 董同龢，《董同龢先生語言學論文選集》，臺北：食貨出版社，1974年。

49. 橫田惟孝，《戰國策正解》，臺北：河洛出版社，1976年。

50. 錢穆，《史記地名考》，臺北：三民書局，1984年。

51. 龍宇純，《中國文字學（再訂本》，臺北：學生書局， 1971 年。

52. 羅福頤，《商周秦漢青銅器辨偽錄》，香港：香港中文大學中國文化研究所，1981
年。

53. 瀧川龜太郎，《史記會注考證》，臺北：宏業書局，1980 年。

四、期刊論文

1. 于省吾、姚孝遂，〈「楚公豪戈」辨偽〉，《文物》1960 年第 3 期。

2. 于省吾，〈壽縣蔡侯墓銅器銘文考釋〉，《古文字研究》第一輯，1979 年。

3. 于省吾，〈甲骨文「家譜刻辭」真偽辨〉，《古文字研究》第四輯，1980 年。

4. 于豪亮，〈四川涪陵的秦始皇二十六年銅戈〉，《考古》1976 年第 1 期。

5. 于豪亮，〈古璽考釋〉，《古文字研究》第五輯，1981 年。

6. 山西省文物管理委員會，〈山西長治市分水嶺古墓的清理〉，《考古學報》1957 年
第 1 期。

7. 山西省文物管理委員會侯馬工作站，〈山西侯馬上馬村東周墓葬〉，《考古》1963
年第 5 期。

8. 中國科學院考古研究所等，〈北京附近發現的西周奴隸殉葬墓〉，《考古》1974 年
第 5 期。

9. 中國歷史博物館考古組，〈燕下都城址調查報告〉，《考古》1962 年第 1 期。

10. 方詩銘，〈從出土文物看漢代「工官」的一些問題〉，《上海博物館館刊》總第 2
期，1983 年。

11. 王人聰，〈關於壽縣楚器銘文中「但」字的解釋〉，《考古》1972 年第 6 期。

12. 王紅武、吳大焱，〈陝西寶雞鳳閣嶺公社出土一批秦代文物〉，《文物》1980 年第
9 期。

13. 王慎行，〈從兵器銘刻看戰國時代秦之冶鑄手工業〉，《人文雜誌》1985 年第 5 期。

14. 王輝，〈關於秦子戈、矛的幾個問題〉，《考古與文物》1986 年第 6 期。

15. 王翰章，〈燕王職劍考釋〉，《考古與文物》1983 年第 2 期。

16. 北京市文物管理處，〈北京地區的又一重要考古收獲—昌平白浮西周木槨墓的新
啓示〉，《考古》1976 年第 4 期。

17. 史樹青，〈對「五省出土文物展覽」中幾件銅器的看法〉，《文物參考資料》1956
年第 8 期。

18. 四川省文物管理委員會，〈成都北郊洪家包西漢墓清理簡報〉，《考古通訊》1957
年第 2 期。

19. 四川省博物館等，〈四川涪陵地區小田溪戰國土坑墓清理簡報〉，《文物》1974 年
第 5 期。

20. 石志廉，〈「楚王孫漁魚銅戈」〉，《文物》1963 年第 3 期。

21. 石璋如，〈小屯殷代的成套兵器〉，《中央研究所歷史語言研究所集刊》第 22 本第

1 分，1950 年。

22. 石璋如，〈商周彝器銘文部位例略〉，《大陸雜誌》第 8 卷第 5 期，1954 年。

23. 仲卿，〈襄陽專區發現的兩件銅戈〉，《文物》1962 年第 11 期。

24. 安志敏，〈1956 年秋河南陝縣發掘簡報〉，《考古通訊》1957 年第 4 期。

25. 安徽省文化局文物工作隊，〈安徽淮南市蔡家崗趙家孤堆戰國墓〉，《考古》1963 年第 4 期。

26. 朱德熙，〈壽縣出土楚器銘文研究〉，《歷史研究》1954 年第 1 期。

27. 江西省博物館等，〈記江西遂川出土的幾件秦代銅兵器〉，《考古》1978 年第 1 期。

28. 江村治樹，〈春秋戰國時代の銅戈・戟の編年と銘文〉，《東方學報》第 52 冊，1980 年。

29. 佐原康夫，〈戰國時代の府・庫について〉，《東洋史研究》第 43 卷第 1 號，1984 年。

30. 吳來明，〈「六齊」、商周青銅器化學成分及其演變的研究〉，《文物》1986 年第 11 期。

31. 吳鎮烽、尚志儒，〈陝西鳳翔高莊秦墓地發掘簡報〉，《考古與文物》1981 年第 1 期。

32. 李仲操，〈八年呂不韋戈考〉，《文物》1972 年第 12 期。

33. 李零，〈春秋秦器試探——新出秦公鐘、鎛銘與過去著錄秦公鐘、簋銘的對讀〉，《考古》1979 年第 6 期。

34. 李瑾，〈徐楚關係與徐王義楚元子劍〉，《江漢考古》1986 年第 3 期。

35. 李學勤，〈談近年新發現的幾種戰國文字資料〉，《文物參考資料》1956 年第 1 期。

36. 李學勤，〈戰國時代的秦國銅器〉，《文物參考資料》1957 年第 8 期。

37. 李學勤，〈戰國題銘概述（上）〉，《文物》1959 年第 7 期。

38. 李學勤，〈戰國題銘概述（中）〉，《文物》1959 年第 8 期。

39. 李學勤，〈戰國題銘概述（下）〉，《文物》1959 年第 9 期。

40. 李學勤，〈補論戰國題銘的一些問題〉，《文物》1960 年第 7 期。

41. 李學勤，〈論美澳收藏的幾件商周文物〉，《文物》1979 年第 12 期。

42. 李學勤，〈論漢淮間的春秋青銅器〉，《文物》1980 年第 1 期。

43. 李學勤，〈秦國文物的新認識〉，《文物》1980 年第 9 期。

44. 李學勤，〈論新都出土的蜀國青銅器〉，《文物》1982 年第 1 期。

45. 李學勤，〈北京揀選青銅器的幾件珍品〉，《文物》1982 年第 9 期。

46. 李學勤，〈試論山東新出青銅器的意義〉，《文物》1983 年第 12 期。

47. 李學勤，〈曾侯戈小考〉，《江漢考古》1984 年第 4 期。

48. 李學勤、鄭紹宗，〈論河北近年出土的戰國有銘青銅器〉，《古文字研究》第七輯，1982 年。

49. 李濟，〈中國古器物學的新基礎〉，《文史哲學報》第 1 期，1950 年。

50. 李濟，〈豫北出土青銅句兵分類圖解〉，《中央研究院歷史語言研究所集刊》第 22 本，1950 年。

51. 李濟，〈如何研究中國青銅器——青銅器的六個方面〉，《故宮季刊》第 1 卷第 1 期，1966 年。

52. 沈之瑜，〈垃𠦪戈跋〉，《文物》1963 年第 9 期。

53. 周世榮，〈長沙烈士公園清理的戰國墓葬〉，《考古通訊》1958 年第 6 期。

54. 周世榮，〈湖南出土戰國青銅器銘文考〉，《古文字研究》第十輯，1983 年。

55. 周永珍，〈西周時期的應國、鄧國銅器及地理位置〉，《考古》1982 年第 1 期。

56. 林素清，〈論先秦文字中的「＝」符〉，《中央研究院歷史語言研究所集刊》第 56 本第 2 分，1985 年。

57. 林澐，〈越王者旨於賜考〉，《考古》1963 年第 8 期。

58. 河北省文化局文物工作隊，〈河北邯鄲百家村戰國墓〉，《考古》1962 年第 12 期。

59. 河北省文物管理處，〈河北易縣燕下都 44 號墓發掘報告〉，《考古》1975 年第 4 期。

60. 河北省文物管理處，〈燕下都第 23 號遺址出土一批銅戈〉，《文物》1982 年第 8 期。

61. 金祥恆，〈說劍〉，《中國文字》第 31 期，1969 年。

62. 信陽地區文管會等，〈河南潢川縣發現黃國和蔡國銅器〉，《文物》1980 年第 1 期。

63. 咸陽市博物館，〈陝西咸陽塔兒坡出土的銅器〉，《文物》1975 年第 6 期。

64. 洛陽博物館，〈洛陽龐家溝五座西周墓的清理〉，《文物》1972 年第 10 期。

65. 胡厚宣，〈甲骨文「家譜刻辭」眞僞問題再商榷〉，《古文字研究》第四輯，1980 年。

66. 胡振祺，〈再談三晉貨幣〉，《中國錢幣》1984 年第 1 期。

67. 唐蘭，〈中國青銅器的起源與發展〉，《故宮博物院院刊》1979 年第 1 期。

68. 夏淥，〈銘文所見楚王名字考〉，《江漢考古》1985 年第 4 期。

69. 孫海波，〈卜辭文字小記〉，《考古學社社刊》第 3 期，1935 年。

70. 孫常敍，〈鵬公劍銘文復原和「脽」「鵬」字說〉，《考古》1962 年第 5 期。

71. 孫貫文，〈金文札記三則〉，《考古》1963 年第 10 期。

72. 孫敬明、王桂香、韓金城，〈山東濰坊新出銅戈銘文考辨及其有關問題〉，《江漢考古》1986 年第 3 期。

73. 孫稚雛，〈淮南蔡器釋文的商榷〉，《考古》1956 年第 9 期。

74. 孫稚雛，〈郊垃果戈銘釋〉，《古文字研究》第七輯，1982 年。

75. 孫稚雛，〈「三代吉金文存」辨正〉，《中國語文研究》1986 年第 8 期。

76. 容庚，〈西清金文眞僞存佚表〉，《燕京學報》第 5 期，1929 年。

77. 容庚，〈鳥書考〉，《燕京學報》第 16 期，1934 年。

78. 容庚，〈鳥書考補正〉，《燕京學報》第 17 期，1935 年。

79. 容庚，〈鳥書三考〉，《燕京學報》第 23 期，1938 年。

80. 容庚，〈鳥書考〉，《中山大學學報》1964 年第 1 期。

81. 徐中舒，〈論古銅器之鑑別〉，《考古學社社刊》第 4 期，1936 年。

82. 殷滌非，〈「者旨於賜」考略〉，《古文字研究》第十輯，1983 年。

83. 郝本性，〈新鄭「鄭韓故城」發現一批戰國銅兵器〉，《文物》1972 年第 10 期。

84. 陝西省博物館，〈西安市西郊高窰村出土秦高奴銅石權〉，《文物》1964 年第 9 期。

85. 馬世元，〈應國銅器及相關問題〉，《中原文物》1986 年第 1 期。

86. 馬承源，〈越王劍、永康元年群神禽獸鏡〉，《文物》1962 年第 12 期。

87. 高至喜，〈「楚公豪」戈〉，《文物》1959 年第 12 期。

88. 高明，〈略論汲縣山彪鎮一號墓的年代〉，《考古》1962 年第 4 期。

89. 商承祚，〈古代彝器偽字研究〉，《金陵學報》第 3 卷第 2 期，1933 年。

90. 商承祚，〈「王子孜戈」考及其它〉，《學術研究》1962 年第 3 期。

91. 商承祚，〈「楚公豪戈」眞偽的我見〉，《文物》1962 年第 6 期。

92. 商承祚，〈「新弨戈」釋文〉，《文物》1962 年第 11 期。

93. 商承祚，〈「姑發臂反」即吳王「諸樊」別議〉，《中山大學學報》1963 年第 3 期。

94. 崔璿，〈秦漢廣衍故城及其附近的墓葬〉，《文物》1977 年第 5 期。

95. 張光遠，〈西周重器毛公鼎—駁論澳洲巴納博士証偽之說〉，《故宮季刊》第 7 卷第 2 期，1972 年。

96. 張亞初，〈論楚公豪鐘和楚公逆鎛的年代〉，《江漢考古》1984 年第 4 期。

97. 張忠培，〈關於「蜀戈」的命名及其年代〉，《吉林大學社會科學學報》1963 年第 3 期。

98. 張政烺，〈秦漢刑徒雜考〉，《北京大學學報》1958 年第 3 期。

99. 張政烺，〈中山王響壺及鼎銘考釋〉，《古文字研究》第一輯，1979 年。

100. 張震澤，〈燕王職戈考釋〉，《考古》1973 年第 4 期。

101. 張頷，〈萬榮出土錯金鳥書戈銘文考釋〉，《文物》1962 年第 4-5 期。

102. 張頷，〈韓鐘鑺鋶考釋〉，《古文字研究》第五輯，1981 年。

103. 郭沫若，〈由壽縣蔡器論到蔡墓的年代〉，《考古學報》1956 年第 2 期。

104. 郭沫若，〈三門峽出土的銅器二、三事〉，《文物》1959 年第 1 期。

105. 郭沫若，〈跋江陵與壽縣出土青銅器群〉，《考古》1963 年第 4 期。

106. 郭沫若，〈古代文字之辯證的發展〉，《考古》1966 年第 3 期。

107. 郭若愚，〈從有關蔡侯的若干資料論壽縣蔡墓蔡器的年代〉，《上海博物館館刊》總第 2 期，1983 年。

108. 郭德維，〈戈戟之再辨〉，《考古》1984 年第 2 期。

109. 郭寶鈞，〈戈戟餘論〉，《中央研究院歷史語言研究所集刊》第 5 本第 3 分，1935年。

110. 郭寶鈞，〈殷周的青銅武器〉，《考古》1961 年第 2 期。

111. 陳平，〈「寺工小考」補議〉，《人文雜誌》1983 年第 1 期。

112. 陳平，〈秦子戈、矛考〉，《考古與文物》1986 年第 2 期。

113. 陳平，〈試論春秋型秦兵的年代及有關問題〉，《考古與文物》1986 年第 5 期。

114. 陳邦懷，〈金文叢考三則〉，《文物》1964 年第 2 期。

115. 陳直，〈古器物文字叢考〉，《考古》1963 年第 2 期。

116. 陳瑞麗，〈戰國時代鋒刃器之研究（一）〉，《考古人類學刊》第 21.22 合期，1963-64年。

117. 陳壽，〈大保簋的復出和大保諸器〉，《考古與文物》1984 年第 4 期。

118. 陳夢家，〈西周銅器斷代（二）〉，《考古學報》第十冊，1955 年。

119. 陳夢家，〈壽縣蔡侯墓銅器〉，《考古學報》1956 年第 2 期。

120. 陳夢家，〈蔡器三記〉，《考古》1963 年第 7 期。

121. 郫縣文化館，〈四川郫縣發現戰國船棺葬〉，《考古》1980 年第 6 期。

122. 單先進、馮玉輝，〈衡陽市發現戰國紀年銘文銅戈〉，《考古》1977 年第 5 期。

123. 單先進、熊傳新，〈長沙識字嶺戰國墓〉，《考古》1977 年第 1 期。

124. 智龕，〈蔡公子果戈〉，《文物》1964 年第 7 期。

125. 游壽、徐家婷，〈壽縣蔡器銘文與蔡楚吳史事〉，《南京大學學報》1980 年第 1 期。

126. 湖北省宜昌地區文物工作隊，〈湖北當陽縣金家山兩座戰國楚墓〉，《文物》1982年第 4 期。

127. 湖北省博物館，〈湖北棗陽縣發現曾國墓葬〉，《考古》1975 年第 4 期。

128. 湖北省博物館等，〈湖北江陵拍馬山楚墓發掘簡報〉，《考古》1973 年第 3 期。

129. 湖南省文物管理委員會，〈長沙左家塘秦代木槨墓清理簡報〉，《考古》1959 年第9 期。

130. 湖南省博物館，〈長沙柳家大山古墓葬清理簡報〉，《文物》1960 年第 3 期。

131. 無戈，〈「寺工」小考〉，《人文雜誌》1981 年第 3 期。

132. 程長新，〈北京發現商龜魚紋盤及春秋宋公差戈〉，《文物》1981 年第 8 期。

133. 程長新、張先得，〈歷盡滄桑，重放光華—北京市揀選古代青銅器展覽簡記〉，《文物》1982 年第 9 期。

134. 童恩正、龔廷萬，〈從四川兩件銅戈上的銘文看秦滅巴蜀後統一文字的進步措施〉，《文物》1976 年第 7 期。

135. 馮永謙、鄧寶學，〈遼寧建昌普查中發現的重要文物〉，《文物》1983 年第 8 期。

136. 馮蒸，〈關於西周初期太保氏的一件青銅兵器〉，《文物》1977 年第 6 期。

137. 黃河水庫考古工作隊，〈1957 年河南陝縣發掘簡報〉，《考古通訊》1958 年第 11

期。

138. 黃茂琳，〈新鄭出土戰國兵器中的一些問題〉，《考古》1973 年第 6 期。

139. 黃盛璋，〈試論三晉兵器的國別和年代及其相關問題〉，《考古學報》1974 年第 1 期。　　*三晉兵器

140. 黃盛璋，〈新出信安君鼎、平安君鼎的國別年代與有關制度問題〉，《考古與文物》1982 年第 2 期。

141. 黃盛璋，〈寺工新考〉，《考古》1983 年第 9 期。

142. 黃盛璋，〈試論戰國秦漢銘刻中从「酉」諸奇字及其相關問題〉，《古文字研究》第十輯，1983 年。

143. 黃盛璋，〈盱眙新出銅器、金器及相關問題考辨〉，《文物》1984 年第 10 期。

144. 黃盛璋，〈關於魯南新出趙旻工劍與齊工師銅泡〉，《考古》1985 年第 5 期。

145. 傳德、次先、敬明，〈山東濰縣發現春秋魯鄹銅戈〉，《文物》1983 年第 12 期。

146. 董作賓，〈湯盤與商三戈〉，《文史哲學報》第 1 期，1950 年。

147. 裘錫圭，〈從馬王堆一號漢墓「遣冊」談關於古隸的一些問題〉，《考古》1974 年第 1 期。

148. 裘錫圭，〈談談隨縣曾侯乙墓的文字資料〉，《文物》1979 年第 7 期。

149. 裘錫圭，〈戰國文字中的「市」〉，《考古學報》1980 年第 3 期。

150. 聞人軍，〈考工記成書年代新考〉，《文史》第 23 輯，1984 年。

151. 齊文濤，〈概述近年來山東出土的商周青銅器〉，《文物》1972 年第 5 期。

152. 劉心健，〈介紹兩件帶銘文的戰國銅戈〉，《文物》1979 年第 4 期。

153. 劉占成，〈秦俑坑出土的銅鈹〉，《文物》1982 年第 3 期。

154. 劉平生，〈安徽南陵縣發現吳王光劍〉，《文物》1982 年第 5 期。

155. 劉彬徽，〈楚國有銘銅器編年概述〉，《古文字研究》第九輯，1984 年。

156. 劉啓益，〈西周矢國銅器的新發現與有關的歷史地理問題〉，《考古與文物》1982 年第 2 期。

157. 廣州市文物管理委員會，〈廣州東郊羅崗秦墓發掘簡報〉，《考古》1962 年第 8 期。

158. 滕縣博物館，〈山東滕侯銅器墓〉，《考古》1984 年第 2 期。

159. 蔣大沂，〈論戈柲之形式〉，《中國文化研究彙刊》第 3 卷，1943 年。

160. 蔡運章，〈太保菁戈跋〉，《考古與文物》1982 年第 1 期。

161. 鄭杰祥、張亞夫，〈河南潢川縣發現一批青銅器〉，《文物》1979 年第 9 期。

162. 駐馬店地區文管會，〈河南泌陽秦墓〉，《文物》1980 年第 9 期。

163. 盧建國，〈陝西銅川發現戰國銅器〉，《文物》1985 年第 5 期。

164. 盧連成、尹盛平，〈古矢國遺址、墓地調查記〉，《文物》1982 年第 2 期。

165. 盧德佩，〈湖北省當陽縣出土春秋戰國之際的銘文銅戈〉，《文物》1980 年第 1 期。

166. 諾·巴納著、翁世華譯，〈評鄭德坤著中國考古學卷三：周代之中國（上篇）〉，《書

目季刊》第 5 卷第 4 期，1971 年。

167. 諾‧巴納著、翁世華譯，〈評鄭德坤著中國考古學卷三：周代之中國（下篇）〉，《書目季刊》第 6 卷第 2 期，1971 年。

168. 隨縣博物館，〈湖北隨縣城郊發現春秋墓葬和銅器〉，《文物》1980 年第 1 期。

169. 隨縣擂鼓墩一號墓考古發掘隊，〈湖北隨縣曾侯乙墓發掘簡報〉，《文物》1979 年第 7 期。

170. 龍宇純〈例外反切的研究〉，《中央研究院歷史語言研究所集刊》第 36 本，1965 年。

171. 戴遵德，〈原平峙峪出土的東周銅器〉，《文物》1972 年第 4 期。

172. 濰坊市博物館，〈濰坊市博物館徵集的部分青銅兵器〉，《文物》1986 年第 3 期。

173. 襄陽首屆亦工亦農考古訓練班，〈襄陽蔡坡 12 號墓出土吳王夫差劍等文物〉，《文物》1976 年第 11 期。

174. 饒宗頤，〈從秦戈皋月談爾雅月名問題〉，《文物》1982 年第 12 期。

175. 黨士學，〈戈戟小議〉，《文博》1987 年第 1 期。